PLEASE SAVE MY EARTH

8

Saki Hiwatari

Rin liegt nach dem ESP-Kampf mit Haruhiko und Mikuro im Krankenhaus, wo er von Albträumen aus Shions einsamer Kindheit und Jugend gequält wird. Er träumt von den Rian, die ihn als gleichwertigen Menschen behandelten und erinnert sich an Lazlo und seinen Gefährten Kyaa, die es mit menschlichen Gefühlen geschafft haben, Shions Herz ein wenig zu erwärmen. Sein Schulalltag mit den verhassten Mitschülern wird ihm wieder gegenwärtig. Um allem weiter zu entkommen, verharrt er in seinem Schlummer. Und lässt sich auch von Alices Gesang nicht aufwecken...

Please Save My Earth 8

PLEASE SAVE
MY EARTH

ühere Existenz
ond)

BEZIEHUNGSDIAGRAMM

Gyokuran ♂ Doktor der Archäologie; Typ: vernünftiger und hochanständiger Überflieger. Hat Shion gegenüber Komplexe...

Enju ♀ Ruhige, introvertierte Paläontologin; allerdings liebt sie Gyokuran ohne Rücksicht auf Verluste! Au weia...!

Shion ♂ Genialer Techniker! Schroff, aber auch sensibel, mit starkem Gerechtigkeitsgefühl und ungeschickt. Ist mit Gyokuran seit der Kindheit befreundet.

Shukaido ♂ Mokurens Teestundenkamerad ist Doktor der Medizin; Typ: natürlich und etwas onkelhaft. Er hat jedoch durchaus einen gefährlichen Charakter, wenn man nicht aufpasst...

Mokuren ♀ Biologin voller Unschuld und Naivität; klug, schön, besonnen und gelassen, sanftmütig und treuherzig... Kiche-Sujelimanerin.

Shusuran ♀ Enjus beste Freundin und ebenfalls Naturwissenschaftlerin; ist aufgrund persönlicher Erfahrungen und ihrer großen Besorgnis um Enju Männern gegenüber sehr misstrauisch...

Hiiragi ♂ Verantwortlich für die Durchführung der Aufgaben auf der Mondbasis! Alle schwärmen für ihn, doch sein Charakter ist eher eigensinnig... Linguist.

Was bisher geschah:

Tokyo in der nahen Zukunft. Die Oberschüler Alice, Jinpachi und Issei träumen von ihrer vorherigen Existenz als Forscher auf dem Mond. Sie suchen und finden ihre ehemaligen Gefährten, Hiiragi (Daisuke) und Shusuran (Sakura), und beginnen regelmäßige Versammlungen abzuhalten. Bei diesen Treffen sprechen sie über ihre Träume und versuchen, ihre Erinnerung an die Ereignisse auf dem Mond wiederzuerlangen. Zur selben Zeit ist Alice mit Rin, Grundschüler und Sohn ihrer Nachbarn, verlobt. Rin besitzt außergewöhnliche Kräfte, mit denen er Takashi Matsudaira bedroht, den Sohn des Bauunternehmers, der die Umbauarbeiten am Tokyo Tower betreut. Sein Plan ist es, durch Manipulationen am Tokyo Tower die Mondbasis zu zerstören. Als die Wiedergeburt von Shion

PLEASE SAVE MY EARTH

Issei Nishikiori ♂ Er sieht unglaublich gut aus. Vielleicht, weil er in seinem früheren Leben eine Frau war?! Er hat sich in seinen besten Freund Jinpachi verliebt und ist deswegen völlig durcheinander...

Jinpachi Ogura ♂ Schulkamerad und bester Freund von Issei. Der Heißsporn verabscheut alles, was irgendwie vom Normalen abweicht! Gesteht Alice seine Liebe, landet damit aber in einer Sackgasse...

Haruhiko Kasama ♂ Herzkranker Junge mit ESP, der unter den Erinnerungen an seine frühere Existenz leidet. Zu einem Viertel indischer Abstammung und sehr attraktiv. Hat in Tamura eine liebevolle Stütze.

Rin Kobayashi ♂ Kleiner Lümmel, der in Alice verliebt ist. Aufgrund der Ereignisse auf dem Mond neun Jahre jünger als die anderen; kommt mit der Situation nicht zurecht und reagiert mit undurchschaubaren Intrigen...

Sakura Kokushou ♀ Lebensfrohes Yokohama-Girl, das gern seine Nase in alles steckt. Ihre robuste und direkte Art erschreckt manchmal, doch in Wirklichkeit ist sie ein sehr liebes Mädchen.

Alice Sakaguchi ♀ Wortkarge und zurückhaltende Oberschülerin. Sie ist sehr sensibel und versteht die Gefühle von Tieren und Pflanzen; manchmal ist sie eine ganz schöne Heulsuse...!

Daisuke Dobashi ♂ Bei ihm Zuhause in Kawasaki finden die Treffen der Kameraden statt! Er ist auch in diesem Leben eine Führungspersönlichkeit und ein praktisch und rational denkender Mensch ...

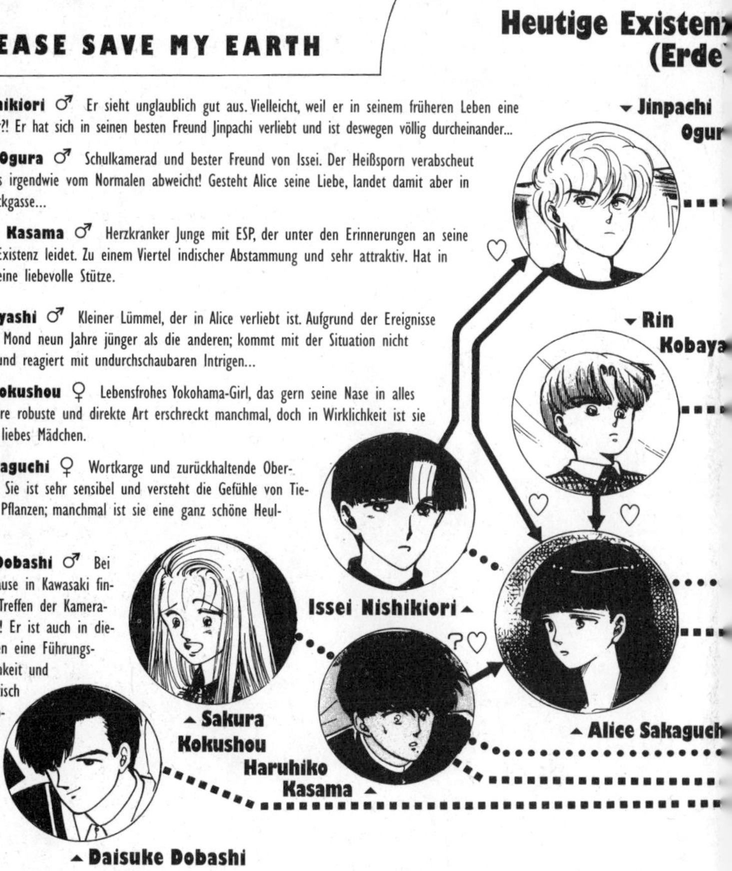

bedroht er auch Haruhiko, die Wiedergeburt von Shukaido, weil dieser ihn in der früheren Existenz leiden ließ. Mit vertauschten Identitäten erscheinen sie vor Alice und den anderen... Diese sind eifrig dabei, eine Zeitleiste der früheren Existenz zu erstellen und sich an ihre Passwörter zu erinnern. Alice, die sich nicht sicher ist, wirklich die Wiedergeburt Mokurens zu sein, trennt sich von den Kameraden und auch ihre Verlobung mit Rin wird gelöst... Währenddessen finden Haruhikos verzweifelte Versuche, sich aus der Vereinbarung mit Rin zu lösen, in einem Kampf ihren Höhepunkt. Aber selbst mit der Hilfe Tamuras und dem ESPler Mikuro scheint Haru keine Chance gegen Rins unglaubliche Kräfte zu haben...

EIN BISSCHEN GESCHWÄTZ Teil I

Hallo! ❤ Wie geht's? ❤ Auch diesmal gibt es ganze 13 Geschwätz-Kolumnen! Ihr könnt euch also auf einiges gefasst machen…

× × ×

Mein erstes Thema ist Musik! ❤
Nach wie vor kommen bei mir massenweise Kassetten von meinen eifrigen Lesern an. ❤
Vielen, vielen Dank! ❤
Dank euch herrscht nie Mangel an BGM. Jawohl.
Es sind "Das passt zu PSME!"-Tapes und "Hör einfach mal rein!"-Tapes… Ich weiß das zu schätzen! ❤
Und wenn ich darunter Stücke entdecke, die ganz besonders meinen Geschmack treffen, bin ich echt super-duper HAPPY!

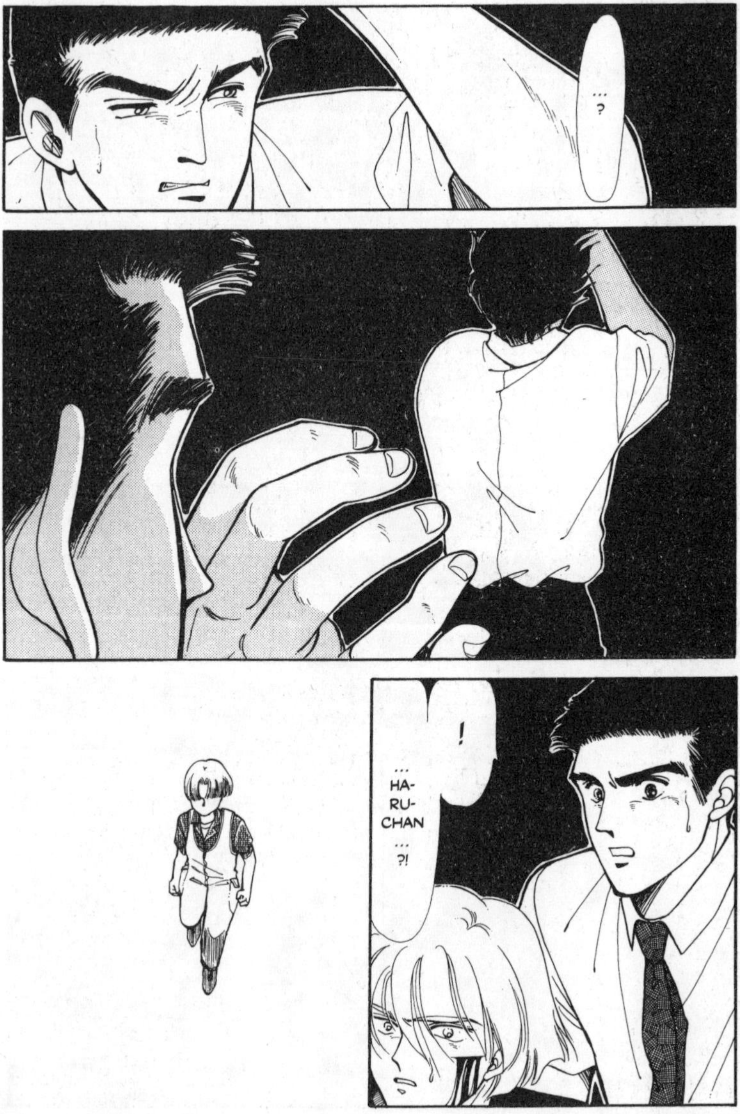
...?
!
...HA-RU-CHAN...?!

... SSS ...

... SSS ...
DU ...
SHION !
DU ... ... MIST-KERL !
DU ... ... WAGST ES ...

STIRB!
HARU ...
BRRRIZZZ!

KÜM-
MERT
EUCH
NICHT
UM
MICH
!!
HAUT
AB
!!
TAP!
RAAA
SCH!
FFFFT
HARU-
CHAN
!

HF
HF
HF
SHION
...

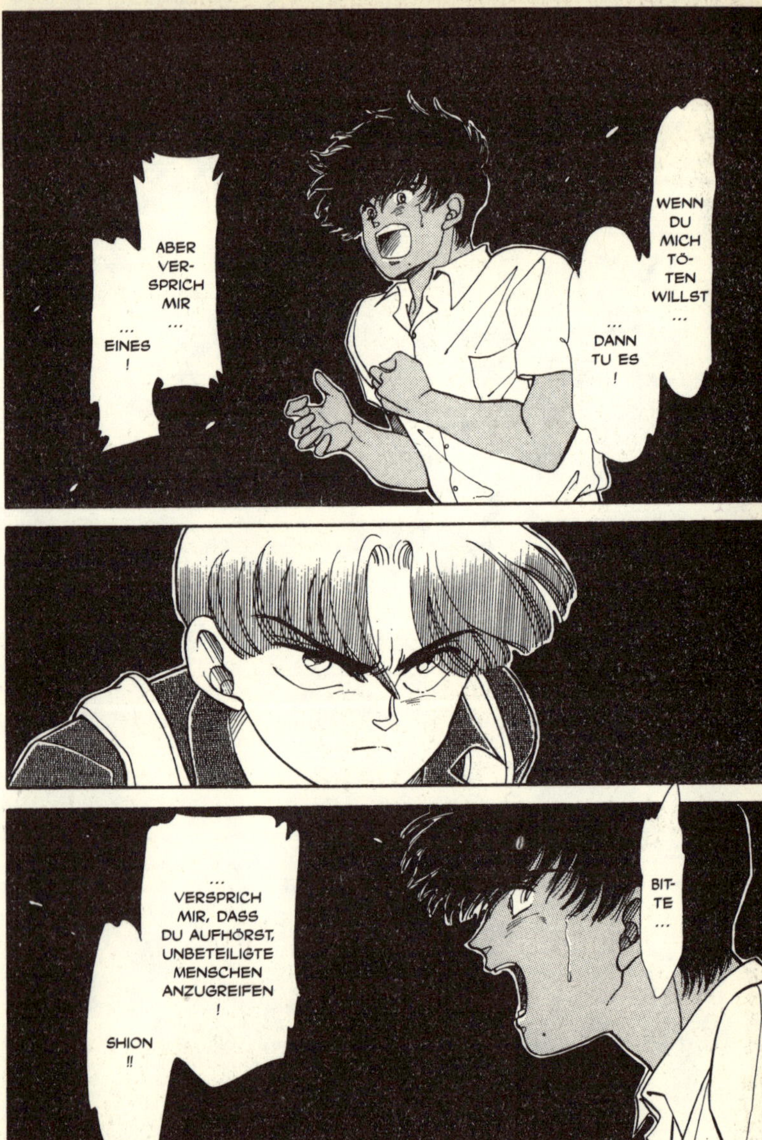
WENN DU MICH TÖTEN WILLST ...
... DANN TU ES !
ABER VERSPRICH MIR ...
... EINES !
BITTE ...
... VERSPRICH MIR, DASS DU AUFHÖRST, UNBETEILIGTE MENSCHEN ANZUGREIFEN !
SHION !!

... HA ...
DU HAST MICH IMMER NUR BETROGEN.
UND NUN KOMMST DU MIR SO...
"BITTE, VERSPRICH MIR" ...
HA!
WIESO SOLLTE ICH DIR IRGENDETWAS ...
... VERSPRECHEN?
NA?
AUF DER MONDBASIS BRACHTE MIR MEIN HASS NICHTS ALS LEID...

DU BIST MIR SO VERHASST...
... DASS ICH ES FAST KÖRPERLICH SPÜRE.
JA ...
WENN ICH DICH VOR MIR SEHE, DANN ...
ABER JETZT ...
... IST ES GERADEZU EINE WONNE !
... FÜHLE ICH ES GANZ STARK.
ICH FÜHLE ...
... DASS ICH LEBE !
UND ICH BIN SO UNGLAUBLICH FROH DARÜBER, DASS ICH MICH FAST BEI DIR BEDANKEN MÖCHTE!!

GUTE NACHT ...
... SHU.
KRGH

KRA
WUMM
HARU-
CHAN
!!
HARU-
CHAN
!!

BAAAAAM
!
KLACKER
!

KRGH
SHION ...
NEIN ...
... DAS REICHT NOCH NICHT!
FÜR NEUN JAHRE REICHT DAS NOCH LANGE NICHT!

EIN BISSCHEN GESCHWÄTZ
Teil 2

In letzter Zeit nehme ich als BGM sehr gern Misa Jonouchi-san.
Und sonst...
Ah ja, apropos, ich bekomme auch immer wieder mal Tapes von Mimori Yusa-san!
Gibt es unter euch Leute, die das neue Album "Harmony Odeon" gehört haben?
Irgendwie hat dieses Album Gemeinsamkeiten mit PSME... ❤
Es muss da wohl eine innere Verwandtschaft zwischen mir und Mimori Yusa-san geben! ❤
An diejenigen, die die Platte haben: Hört euch doch auch mal das Stück "Kaie" von der LP "Akuma-kun Maho SWEET" an, das ist bei Victor Music erschienen.
Dieses A-Capella-Stück wird nämlich von niemand geringerem als Mimori Yusa-san gesungen! ❤
Das ist sie doch, oder?

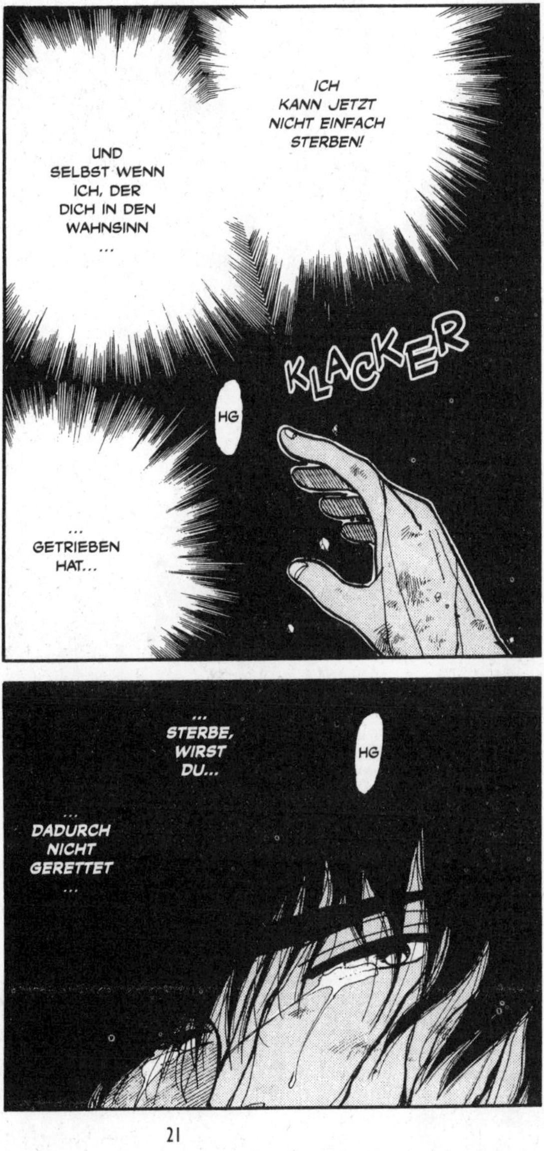

ICH KANN NOCH NICHT STERBEN.
SELBST WENN ICH JETZT STERBE...
... BIST DU...
... NICHT GERETTET...
... SHION!

SSST!
!
DU BIST ZU WEIT GEGANGEN!
MIR IST JETZT ALLES EGAL! WIR KÄMPFEN AUF LEBEN UND TOD!!
OHO! DU HAST ALSO NOCH NICHT GENUG …

WEG DA!
BRZZZ
FFUMM
?!
BLITZ

MIKURO-KUN!!
!
VUO
OOM

FFUMM

KAWUMM
HA-
RU
...

GROO

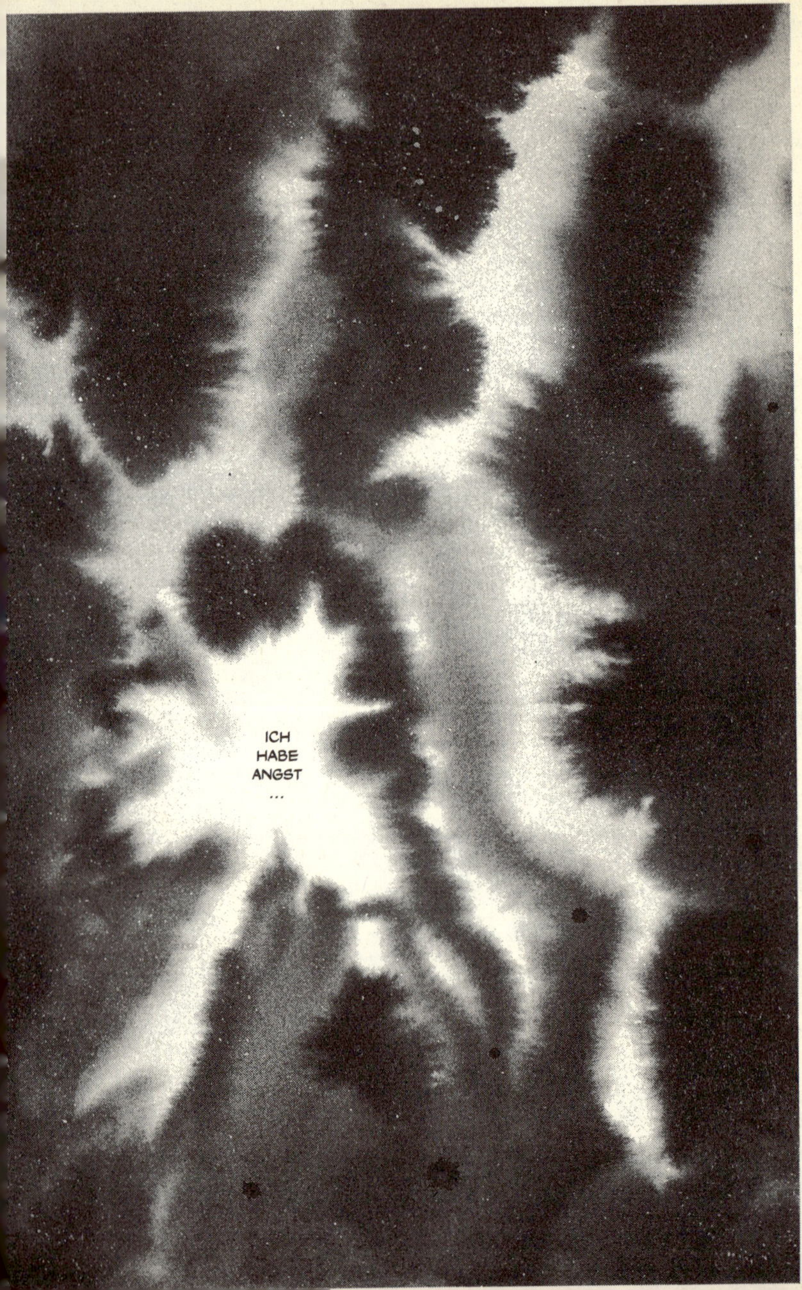
ICH HABE ANGST ...

EIN BISSCHEN GESCHWÄTZ
Teil 3

Vor geraumer Zeit wurde mir ein Tape mit einem Hörspieldrama zugeschickt. Die Geschichte hat den Titel "Raumschiff Pepepepe-Ran" und ist überaus traurig…
Ein Junge mit dem Namen "Ron der Schwächling" ist zusammen mit anderen Kindern in diesem Pepepepe-Ran-Raumschiff in Richtung Erde unterwegs…
Leider habe ich keine Ahnung, wo der dazugehörige Brief hingekommen ist… ♠
Könnte es sein, dass der Autor dieser Geschichte Kenji Miyazawa ist?!
Ich würde das echt gern wissen!
Also, falls irgendjemand Genaueres über diese Geschichte und ihren Autor weiß, bitte informiert mich.
Sollte ich mit meiner Vermutung schief liegen, hab ich mich hiermit vollends als Trottel entblößt… ♠

*AN-CHAN IST IM KANSAI-DIALEKT DIE ANREDE FÜR DEN ÄLTEREN BRUDER.

WIR GEHEN, MIKURO, UND ZWAR SOFORT.
WARUM DENN, AN-CHAN?
HARU IST TAMURA-SANS BEKANNTER UND AUSSER-DEM...
... IST DAS HIER EINE KLINIK!
ICH WILL NICHT, DASS DU NOCH MEHR IN DIE SACHE VERWICKELT WIRST!
DAS MEINTE ICH NICHT!
ALS NÄCHSTES BIST DU WO-MÖGLICH VON KOPF BIS FUSS BANDA-GIERT!
SELBST WENN DU EIN PAAR LEBEN HÄTTEST, REICHT DAS NICHT!
ES TUT MIR LEID ...
... MI-KU-RO-KUN ...
... YA-KU-SHI-MA-RU.

RATSCH!
AH...
HARU-CHAN!!
DU SOLLST NICHT AUFSTEHEN!

... M-SAN ... ?
ÄH... JA?
!
...
MACH DIR KEINE VORWÜRFE! ES IST NICHT DEINE SCHULD!
UNSERE KRÄFTE SIND GANZ UNTERSCHIEDLICH ...
AM ANFANG HABE ICH AUFGEPASST, ABER DANN BIN ICH IRGENDWANN HALT AUSGERASTET!
Keine Angst! Wir brauchen nicht zu zahlen ...
Sie kriegen's eh nicht raus ...
WIR SIND EBEN ALLE AUFS GANZE GEGANGEN, DESHALB IST ES SO GEKOMMEN!
NENN ES NATURPHÄNOMEN, NENN ES UNFALL, DAS IST HALT PECH!
Dammdadammdadamm Duuuu!
UND DASS IHR EIN WICHTIGES KULTURDENKMAL VERBRANNT HABT, IST WOHL AUCH PECH, ODER WAS?!!
Ladadi Ladada Duuuuu!
Motz Zeter Mordio

AHA, DER TEMPEL BESCHÄFTIGT DICH DEMNACH MEHR ALS MEINE PERSON!
WAS SOLL DENN DAS JETZT SCHON WIEDER?!! LASS DAS DUMME GEFASEL, UND MACH DICH FERTIG ZUM GEHEN!!
ICH KANN MICH JETZT NICHT EINFACH AUS DER VERANTWORTUNG STEHLEN.
DER KERL MUSS WESENTLICH SCHWERER VERLETZT SEIN ALS ICH.
TATSÄCHLICH?
AUF JEDEN FALL!
ER WUSSTE NICHTS VON UNSEREN UNTERSCHIEDEN, DAHER WAR ER UNGEDECKT...
SEINE FÄHIGKEITEN GEHEN WEIT ÜBER MEINE HINAUS...

ES WAR, ALS OB EIN RISS DURCH DEN RAUM GING.
DIE KRAFT, DIE ICH AUS-SCHICKTE, KAM ZU MIR ZU-RÜCK ...
... UND DIE VON S KAM ZU IHM ZURÜCK.
DESWEGEN BIN ICH MIT SO LEICHTEN VERLETZUNGEN DAVONGEKOMMEN.
NAHEZU 80% DER ENTSTAN-DENEN POWER ...
... KAM ZU S ZU-RÜCK.
ES MAG JA EIN UNFALL GEWESEN SEIN, ABER ICH FÜHLE MICH VER-ANTWORT-LICH!
ICH HAB ZUM ERSTEN MAL MIT ESP EINEN MENSCHEN VERLETZT ...
UND ER ...
... HAT DEN KÖRPER EINES KINDES ...
WIE MAG ES JETZT UM IHN STEHEN ?!

WENN ER SICH SO NACH TOKYO ZURÜCK TELEPORTIERT HAT...
... HABEN SICH SEINE VERLETZUNGEN SICHER NOCH VERSCHLIMMERT.
VIELLEICHT IST DER KERL NOCH IRGENDWO IN DER NÄHE...
SOLLEN WIR... MAL NACHSEHEN ?
VOLLIDIOT !
WILLST DU DICH FREIWILLIG ALS BRANDSTIFTER MELDEN ?!
FÜR HEUTE IST AUSGANGSSPERRE! VERDAMMT, WAS SOLL ICH BLOSS UNSERER ALTEN DAME ERZÄHLEN?

EIN BISSCHEN GESCHWÄTZ
Teil 4

Das neue Album von Psy's hat mich ja beim ersten Hören etwas enttäuscht, aber ich habe mich reingehört und mag es mittlerweile echt gern. ❤
Irgendwie neigen ja alle dazu, ihre Musik mit dem Etikett "moderne Kinderlieder" zu versehen…
Ob sie damit wohl glücklich sind? 💧
Meine Lieblingsstücke auf der CD sind das Erste ("Mizu no Marginal") und das Dritte ("Fuzzy na Itami").
Vor allem "Fuzzy na Itami"! Wow!
Echt überwältigend, wenn ich das mal so sagen darf!
Der Text ist fantastisch.
Es geht um "Fuzzy Systems" oder besser gesagt darum, wie die unklaren und verschwommenen Eigenschaften der Menschen erfolgreich in die Robotertechnik umgesetzt werden können…
oder so ähnlich…
Der Mensch ist echt "fuzzy", oder? 💧

RIN-KUN ...
... IST VON EINEM AUTO ANGEFAHREN WORDEN!
WAS ?!
KLAPPER!

IST ER SCHWER VER-LETZT ?!
SO WIE'S AUSSIEHT, JA. DESHALB WILL ICH EBEN HIN-GEHEN...
UND DANN AUCH NOCH FAHRER-FLUCHT!
ES IST WIRKLICH FURCHTBAR! DER ARME ...
WELCHE KLINIK?!
DIE GLEICHE WIE LETZ-TES MAL ?!
ICH KOMME MIT!!
JA!
HAJIME! WENN PAPA HEIMKOMMT, MACH IHM BITTE DAS ESSEN WARM, JA? UND RÄUM AUF!
EH?! WAS? WIESO DENN ?!

ER WIRD SICHER NOCH FIEBER BE-KOMMEN, ABER KEINE SORGE, FRAU KOBA-YASHI ...
JA ...
VIELEN DANK, HERR DOKTOR...
ALLER-DINGS GIBT ES DA EINEN PUNKT, DEN ICH ABSOLUT NICHT BEGREIFE ...

ALSO ...
ES SIEHT EIN-FACH NICHT SO AUS, ALS SEI ER VON EINEM AUTO ANGEFAHREN WORDEN.
SEIN GANZER KÖRPER IST VON SCHNITT-WUNDEN ÜBERSÄT ...
NUN, NATÜRLICH, ES GAB OFFENBAR AUGEN-ZEUGEN UND...
... ES BESTEHT WOHL KEIN ZWEIFEL ...
... ABER TROTZ-DEM ...

DIE TELEPORTATION HAT MEINE WUNDEN VERSCHLIMMERT.
ICH KÖNNTE AM BLUTVERLUST STERBEN.
ICH KÖNNTE STERBEN.
ICH WILL NICHT STERBEN.
ICH WILL NICHT.
ICH WILL NICHT !

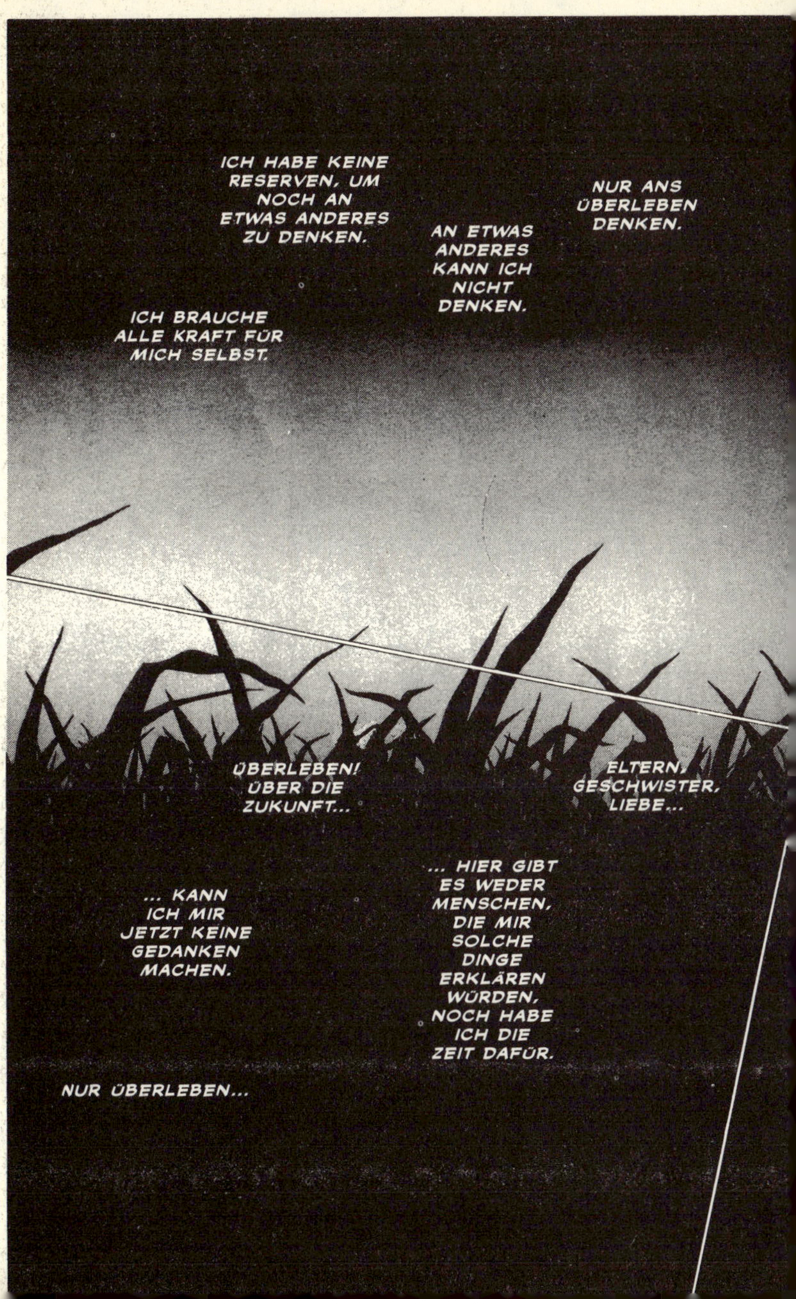
NUR ANS ÜBERLEBEN DENKEN.
AN ETWAS ANDERES KANN ICH NICHT DENKEN.
ICH HABE KEINE RESERVEN, UM NOCH AN ETWAS ANDERES ZU DENKEN.
ICH BRAUCHE ALLE KRAFT FÜR MICH SELBST.
ELTERN, GESCHWISTER, LIEBE...
ÜBERLEBEN! ÜBER DIE ZUKUNFT...
... HIER GIBT ES WEDER MENSCHEN, DIE MIR SOLCHE DINGE ERKLÄREN WÜRDEN, NOCH HABE ICH DIE ZEIT DAFÜR.
... KANN ICH MIR JETZT KEINE GEDANKEN MACHEN.
NUR ÜBERLEBEN...

DIE BOMBEN-DETONATIONEN HABEN AUF-GEHÖRT.
ES IST ABSOLUT FINSTER. DAS MUSS ICH AUS-NUTZEN UND SCHNELL FLIEHEN!
HH
HH
MORGEN WIRD DER KRIEG BE-STIMMT AUCH HIER ALLES VER-WÜSTEN.
ICH WERDE ÜBERLEBEN. ICH MUSS EINFACH ÜBERLEBEN!
HH
HH
EINE HÜTTE? HIER?
HH
KRUHK...

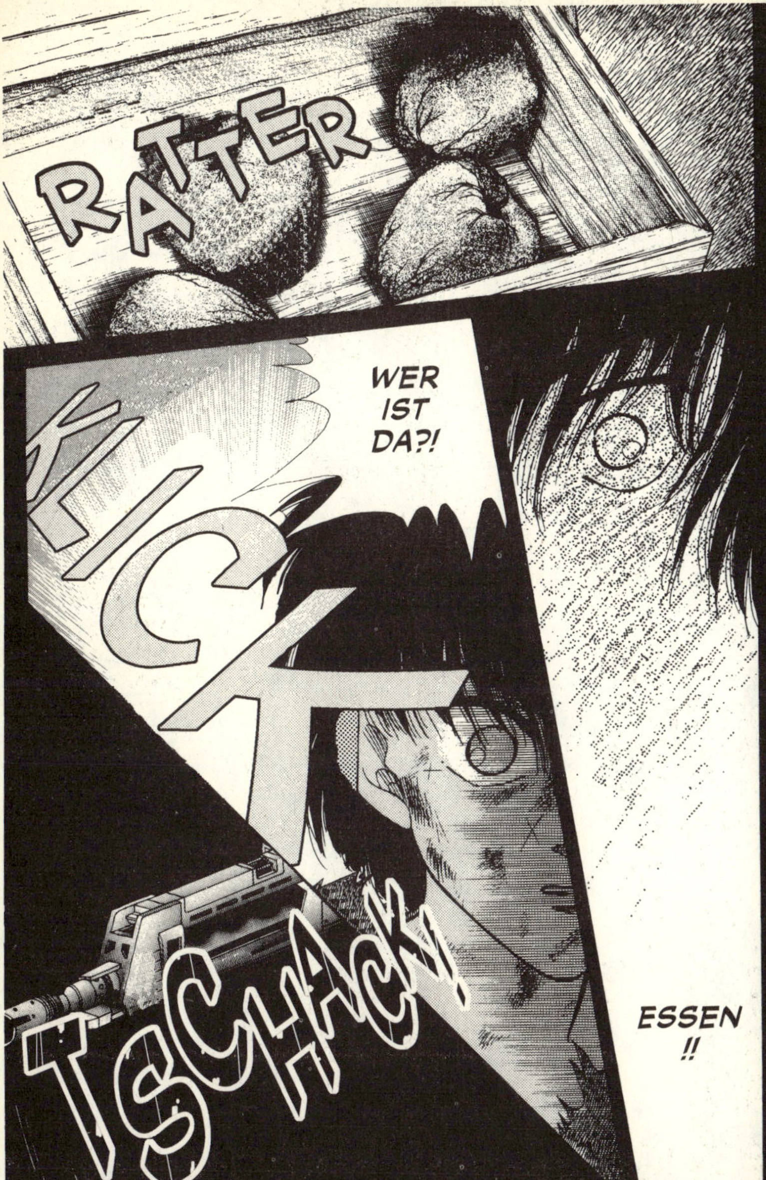

RATTER
WER IST DA?!
KLICK
ESSEN !!
TSCHACK!!

RATATATATT
WARTE, ES IST EIN KIND !!

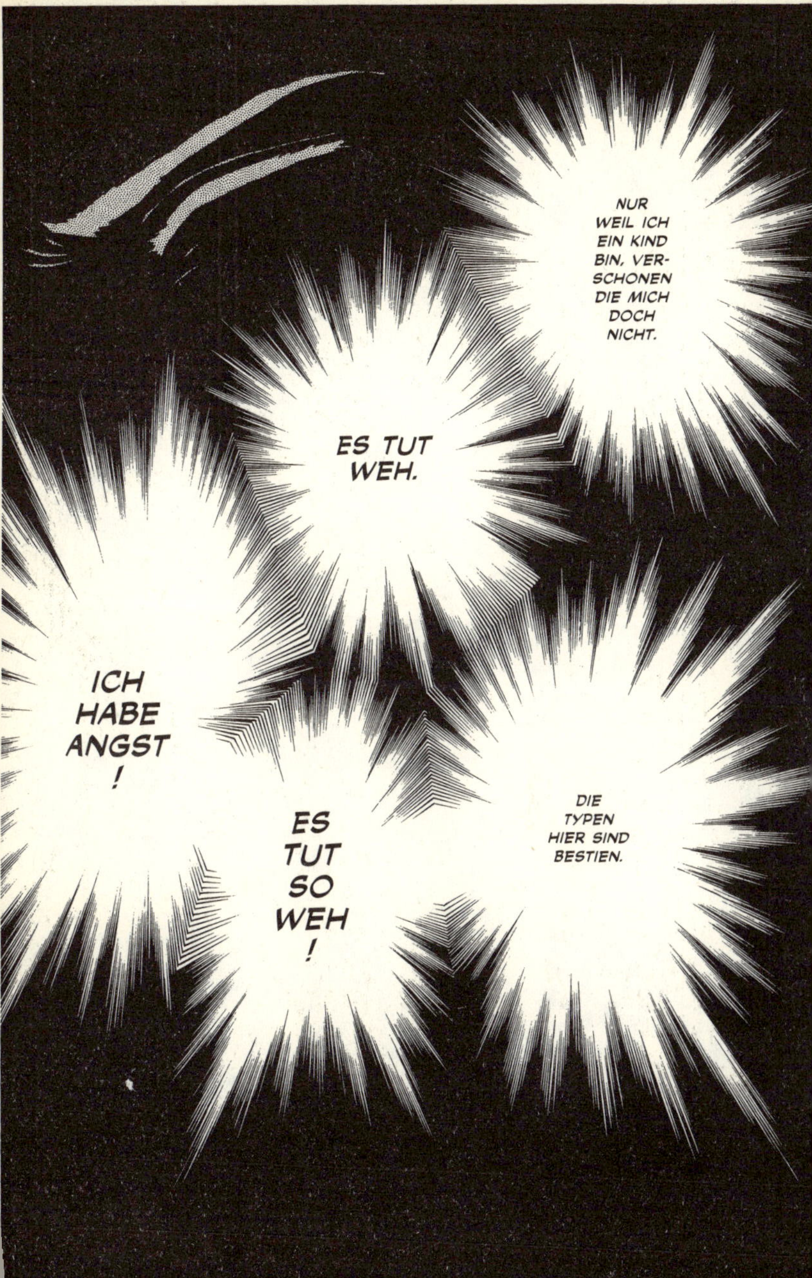
NUR WEIL ICH EIN KIND BIN, VERSCHONEN DIE MICH DOCH NICHT.
ES TUT WEH.
DIE TYPEN HIER SIND BESTIEN.
ES TUT SO WEH!
ICH HABE ANGST!

...ÜH!
ZUCK!
AAAAAAAAAAAAAAH!!
RIN?!
WAS HAST DU?!

DIE NACHT...
MAMA !!
MAMAAA !!
ICH HABE ANGST !!
MAMA !!
RIN !!
RIN!!
UH ... UH ...

DIE NACHT, IN DER ICH ZUM ERSTEN MAL MIT MEINER BESONDEREN KRAFT TÖTETE ...
ICH HAB SOLCHE ANGST!
UWAAAAAH
DIE NACHT, IN DER ICH ERKANNTE, DASS ICH SELBST EINE BESTIE BIN.
AAAH!
IST JA GUT!

UWAAAAAAAH
ABER ANSTATT MICH FÜR MEINE VERBRECHEN ZU BESTRAFEN, BRACHTE MAN MICH ZUM HEIMATPLANETEN...
GANZ PLÖTZLICH WURDE MIR EINE ZUKUNFT PRÄSENTIERT...
AAAAAAH

DU MEINST DIESEN RIN VON 201, ODER?
GENAU! ER WILL TATSÄCHLICH KEINE SCHMERZMITTEL!
WARUM?
ER SAGT, DASS ER DAVON ALBTRÄUME KRIEGT... UND DANN SCHON LIEBER SCHMERZEN HAT.
WIE ALT IST DENN DER BENGEL?
DAS IST DOCH DERSELBE JUNGE, DER SCHON MAL BEI UNS LAG, ODER? DER, DER AUS DEM WOHNHAUS GESTÜRZT IST...
ACH DER, JA...
KLOPF KLOPF
ALICE-CHAN!
ÄHM.. WIE GEHT ES RIN-KUN?
IST ER ...
VIELEN DANK. ER SCHLÄFT GERADE ...

SIE SIND TAG UND NACHT HIER GEWESEN... AUSSERDEM IST MORGEN SONNTAG, UND ICH MUSS NICHT ZUR SCHULE...
ABER NICHT DOCH !
ES IST MIR WIRKLICH UNANGENEHM DEIN ANGEBOT ANZUNEHMEN... EIGENTLICH SOLLTE MEIN MANN MICH ABLÖSEN...
ICH MACHE DAS GERN FÜR RIN-KUN.
RIN-KUN...
WARUM IMMER RIN-KUN...
WARUM NUR...
ES IST SCHRECK-LICH...
SNIFF
WIE KONNTE DAS NUR PASSIEREN ...?!
DAS IST UNVER-ZEIHLICH!!

WEISST DU ... ... RIN WOLLTE ZU SEINER GROSS-MUTTER ...
... ...
ZU SEINER GROSS-MUTTER ?
DU, ALICE-CHAN, MAGST DU EIN STÜCK WASSER-MELONE ?
SÜSS UND OHNE KERNE ...
JA, GERN.

EIN BISSCHEN GESCHWÄTZ
Teil 4

Ich bin auch ein Mensch und folglich fuzzy (verschwommen, unklar); aber an dieser Stelle möchte ich einmal ganz klar und eindeutig etwas sagen…
Fertig?
Also: Der hier vorliegende Manga mit dem Titel "Please Save My Earth" ist von Anfang bis Ende Saki Hiwataris zerrüttetem Gehirn entsprungen und somit **FIKTION**!
Und eben weil die Geschichte fiktiv ist, entwickelt sie sich von Band zu Band und alles ist noch offen und formbar…
Ich vermute, jetzt werden einige von euch denken, "Was schreibt die eigentlich, das versteht sich doch von selbst!"…
Seufz 💧
Jetzt hab ich's halt geschrieben…

* AKITA IST EINE PRÄFEKTUR IM NORDEN DER JAPANISCHEN HAUPTINSEL HONSHU, ALSO EINE HALBE WELTREISE VON TOKYO ENTFERNT…

AUS IRGENDEINEM GRUND LIEBT ER DAS LAND SEHR ...
ALS ER NOCH IN DEN KINDERGARTEN GING, WOLLTE ER AUCH EIN PAAR MAL ALLEIN DORTHIN ...
RIN SCHEINT ...
... SICH EINSAM ZU FÜHLEN.
ICH GLAUBE JEDENFALLS ...
... DASS ER SICH UNHEIMLICH EINSAM FÜHLT.
ABER DAS IST AUCH SCHON ALLES, WAS ICH VERSTEHE ...

WARUM FÜHLT ER SICH NUR SO EINSAM ?
FRAU KOBAYASHI ...
VERZEIH MIR! ABER ICH DACHTE, DU VERSTEHST ES VIELLEICHT ...
ALS RIN FÜNF JAHRE ALT WAR, LIESSEN WIR IHN EINMAL BEI EINEM INTELLIGENZTEST MITMACHEN...
EIN PAAR TAGE SPÄTER BEKAMEN WIR EINEN ANRUF DES INSTITUTS UND...
... MAN SAGTE UNS, "IHR SOHN IST EIN GENIE!".

ABER EIGENTLICH WAR ER WIE ALLE ANDEREN KINDER... GUT, WIR HABEN UNS MANCHMAL GEFRAGT, OB ER EVENTUELL ÜBERDURCH-SCHNITTLICH INTELLIGENT IST, ABER EIGENTLICH ...
... WAR ER NUR EIN LEICHT VERZO-GENER LAUS-BUB ...
SPIELTE LIEBER AM PC ALS HAUSAUF-GABEN ZU MACHEN ...
EIN TOTAL ...
... NOR-MALER JUNGE EBEN.
ABER JETZT SCHEINT ER ... ... EIN ANDERER MENSCH ZU SEIN.

BUBUMM ...
SEIT WIR HIER WOHNEN, HABEN SICH AUCH SEINE ZENSUREN STARK VERBESSERT.
SEIN LEHRER SAGT, DASS ER AB UND ZU ABSICHTLICH FEHLER MACHT ...
WENN ER EINEN TEST ZURÜCKBEKOMMT, SCHREIBT ER NACHTRÄGLICH FALSCHE ANTWORTEN HINEIN UND BRINGT SIE DEM LEHRER MIT DEN WORTEN "HIER HABEN SIE NICHT KORRIGIERT" ...
ER LÄSST SICH ABSICHTLICH PUNKTE ABZIEHEN ...
EIN ANDERER MENSCH ...

MERK-WÜR-DIG, ODER ?
WIESO TUT ER SO ETWAS?
DABEI LOBE ICH IHN DOCH, WENN ER DIE VOLLE PUNKTZAHL HAT!
ABER ER LERNT NIE!
ER IST IMMER UNTERWEGS... OBWOHL ER NICHT VIELE FREUNDE HAT.
SCHON KURZ VOR DER AUF-LÖSUNG EURER VER-LOBUNG SCHIEN ER SICH EIN-SAM ZU FÜHLEN.
IHN SCHEINT IRGEND-ETWAS ZU BEDRÜCKEN ...
ER TRÄUMT SCHLECHT ... ABER ER WILL NICHT DA-RÜBER SPRECHEN ...
ER SAGT, "MIR GEHT'S GUT", WÄHREND IHM DIE TRÄNEN ÜBERS GESICHT LAUFEN... ER TUT SO ERWACHSEN, DER JUNGE ...

MANCH-MAL, WENN ICH IHN BEOBACHTE ...
... KOMMT ES MIR FAST SO VOR, ALS WÄRE ER NICHT MEIN KIND...
JA, SO MERK-WÜRDIGE GEDANKEN KOMMEN MIR DANN ...
VIELLEICHT BIN ICH JA NUR ERSCHÖPFT ...

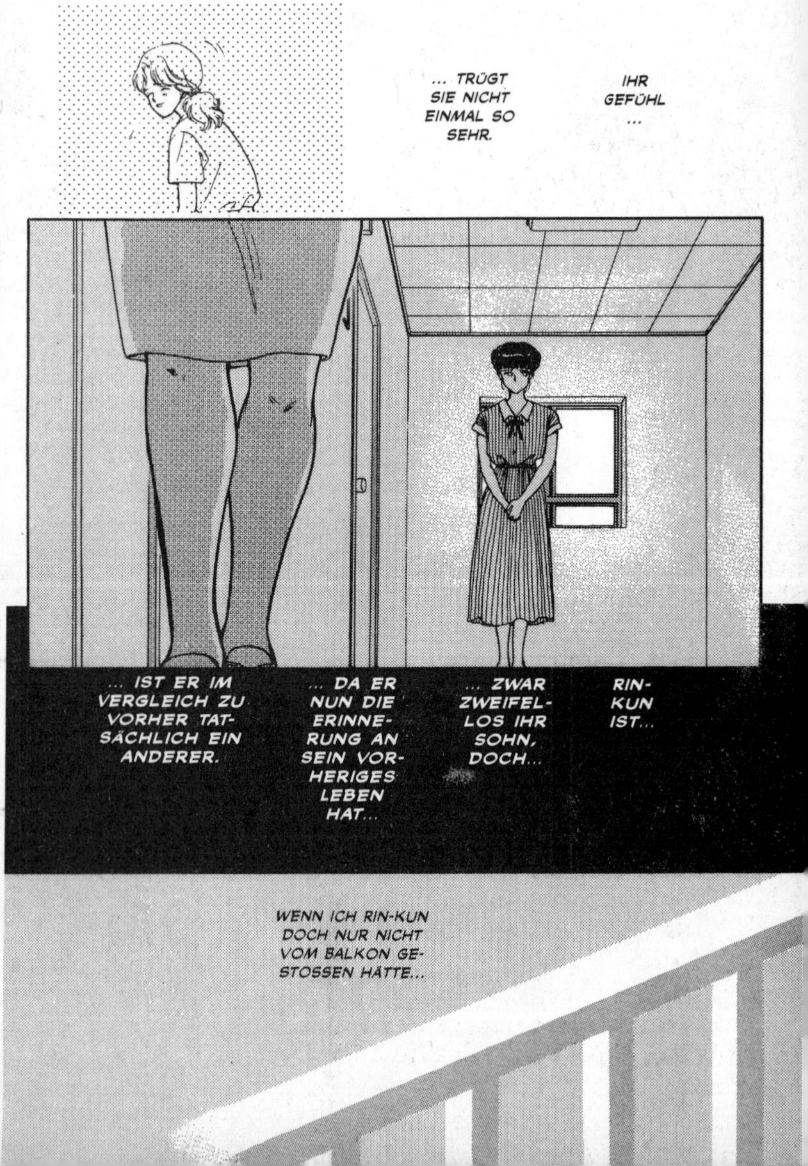

IHR GEFÜHL ...
... TRÜGT SIE NICHT EINMAL SO SEHR.
RIN-KUN IST...
... ZWAR ZWEIFELLOS IHR SOHN, DOCH...
... DA ER NUN DIE ERINNERUNG AN SEIN VORHERIGES LEBEN HAT...
... IST ER IM VERGLEICH ZU VORHER TATSÄCHLICH EIN ANDERER.
WENN ICH RIN-KUN DOCH NUR NICHT VOM BALKON GESTOSSEN HÄTTE...

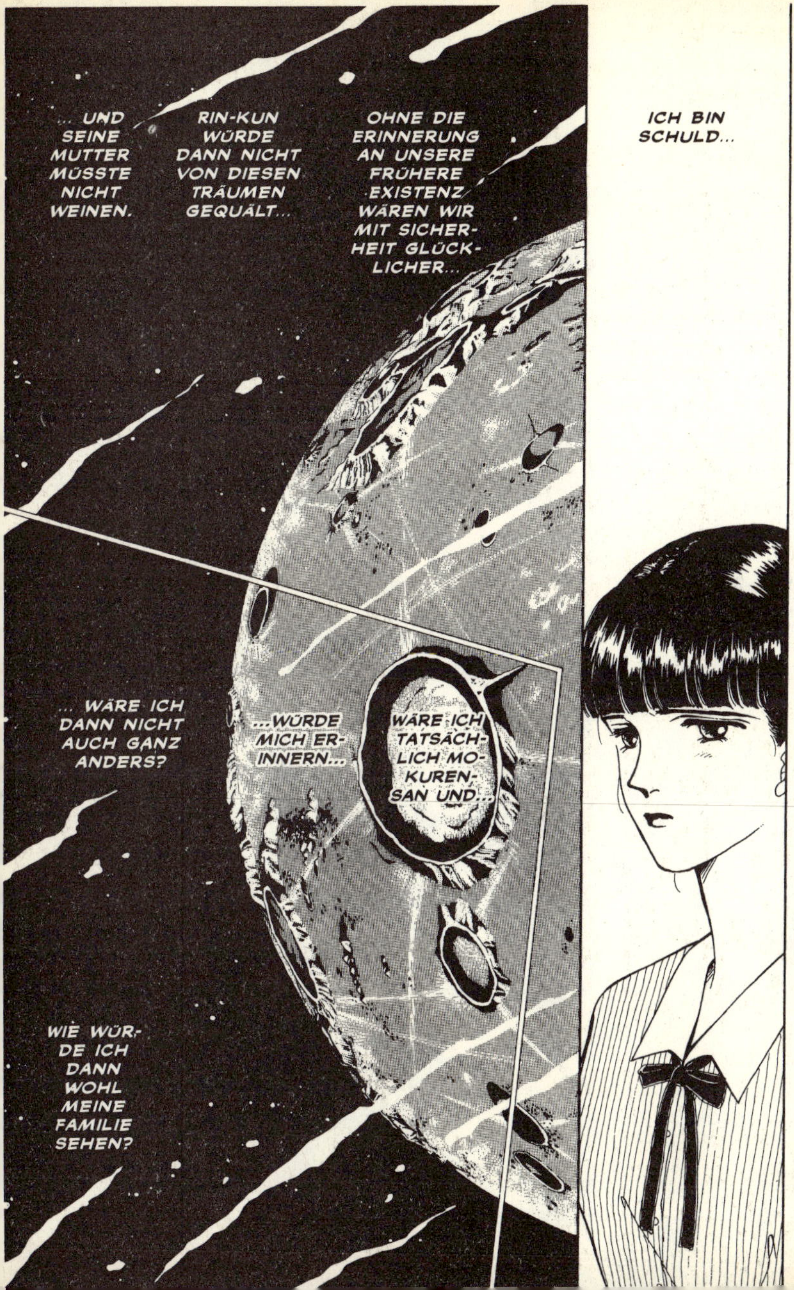
ICH BIN SCHULD...
OHNE DIE ERINNERUNG AN UNSERE FRÜHERE EXISTENZ WÄREN WIR MIT SICHERHEIT GLÜCKLICHER...
RIN-KUN WÜRDE DANN NICHT VON DIESEN TRÄUMEN GEQUÄLT...
... UND SEINE MUTTER MÜSSTE NICHT WEINEN.
WÄRE ICH TATSÄCHLICH MOKUREN-SAN UND...
...WÜRDE MICH ERINNERN...
... WÄRE ICH DANN NICHT AUCH GANZ ANDERS?
WIE WÜRDE ICH DANN WOHL MEINE FAMILIE SEHEN?

WAS WÜRDE WOHL...
... AUS MEINEN BISHERIGEN ERINNERUNGEN?
MEINE FAMILIE IST MIR UNHEIMLICH WICHTIG, UND ICH LIEBE SIE ÜBER ALLES...
ABER AUCH MOKU-REN-SAN MUSS EINE FAMILIE GEHABT HABEN...
HÄTTE ICH AUF EINMAL ZWEI FAMILIEN?
WIE MAG ES WOHL BEI RIN-KUN GEWESEN SEIN?
WENN ICH ERWACHEN WÜRDE... WELCHES BEWUSSTSEIN WÄRE WOHL STÄRKER?!
WÜRDE DAS BEWUSSTSEIN VON ALICE SAKAGUCHI VIELLEICHT VON DEM BEWUSSTSEIN MOKURENS ÜBERLAGERT?

WAS WÜRDE DANN AUS
"ALICE SAKAGUCHI"?

ICH
HABE
ANGST
...

... DAS IST MIR EGAL! ALLES, WAS BISHER MEINEN CHARAKTER UND MEINE LEBENSWEISE GEFORMT HAT, IST NICHT MOKUREN-SAN. ES IST "ALICE SAKAGUCHI"!
ICH BIN ZWAR MANCHMAL GANZ SCHÖN NAIV UND UNERFAHREN, ABER...
ICH WILL MICH NICHT SELBST VERNICHTEN!
ABER RIN-KUN HAT...
... SICH DURCH MEINE SCHULD AN SEINE FRÜHERE EXISTENZ ERINNERT.

EINE METHODE, MIT DER MAN DAS DAMALS SAUBER AUSLÖSCHEN KANN?
GIBT ES KEINE METHODE, IHN VERGESSEN ZU LASSEN?
ABER ICH HABE SOLCHE ANGST DAVOR.
UND RIN-KUN WÜNSCHT SICH MEIN ERWACHEN...
DARF MAN DAS DENN NICHT?
IST DAS DENN SO FALSCH?
WARUM KÖNNEN WIR NICHT EINFACH UNSER GEGENWÄRTIGES LEBEN GENIESSEN?
DIESE ERINNERUNGEN BRINGEN EINEM DOCH NICHTS!
ALLE LEIDEN DOCH NUR DARUNTER, ODER?

EIN BISSCHEN GESCHWÄTZ
Teil 6

Ihr fragt euch jetzt sicher, warum ich extra noch mal betone, dass diese Geschichte Fiktion ist.
Aber das hat den einfachen Grund, dass ich unglaublich viele Briefe bekomme, in denen ich gefragt werde, ob so was denn nicht wirklich passieren könnte... gerade, wenn man durch eine Geschichte wie PSME stimuliert und inspiriert wird...
Das macht mir schon ein bisschen Angst...
Als der Band erschien, in dem Jinpachi, Alice und die anderen beginnen, ihre ehemaligen Gefährten zu suchen, kamen gleich körbeweise Briefe von Leuten, die völlig überzeugt davon waren, dass sie einer der Charaktere aus PSME oder möglicherweise einer meiner Freunde aus einer früheren Existenz wären...

Weiter in Teil 7...

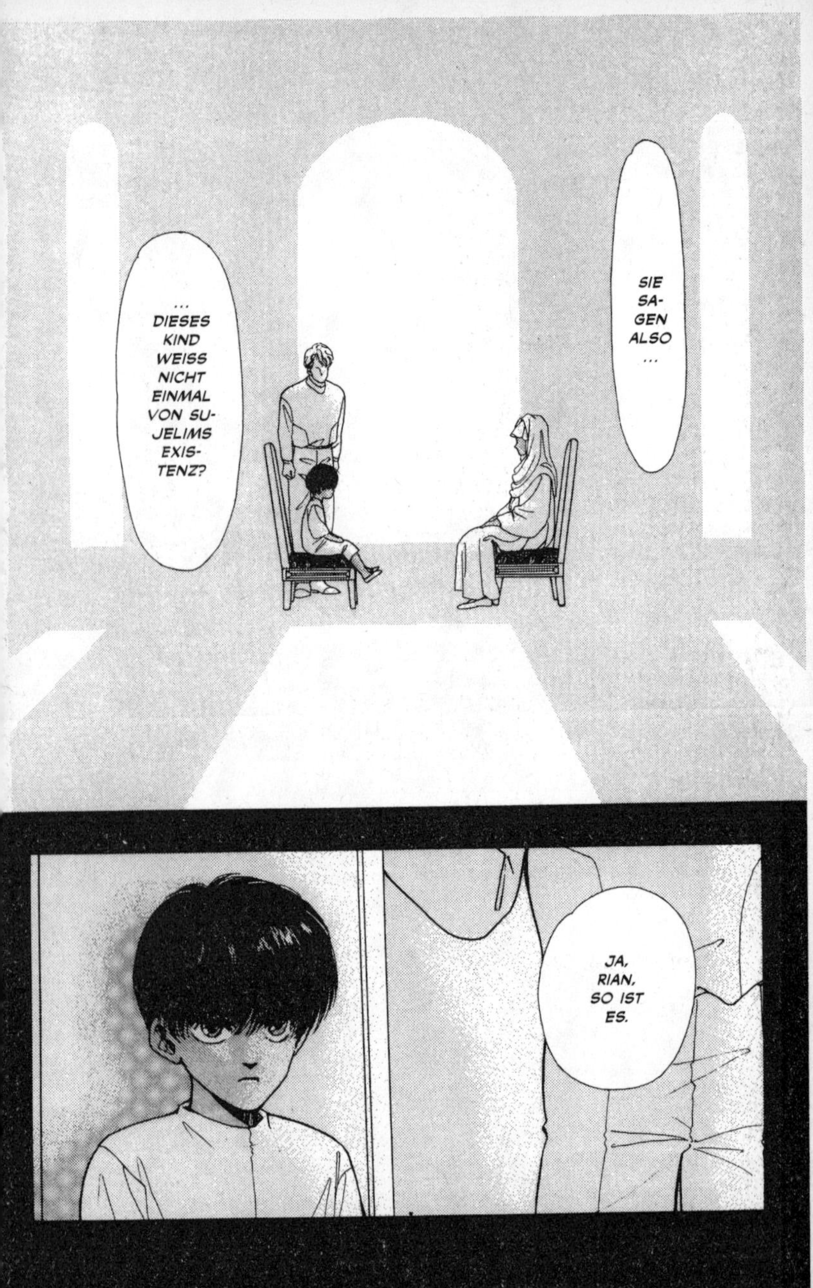
SIE SA-GEN ALSO ...
... DIESES KIND WEISS NICHT EINMAL VON SU-JELIMS EXIS-TENZ?
JA, RIAN, SO IST ES.

ICH VERSTEHE.
WIRKLICH? WIE TÜCHTIG.
DU WARST ALSO DIE GANZE ZEIT AUF DER FLUCHT UND HAST DICH ALLEIN DURCHGESCHLAGEN?
IST SHI-ON DER NAME, DEN DIR DEINE ELTERN GEGEBEN HABEN?
ALSO, KOMM, SHI-ON!
ICH WEISS NICHT.
ALSO WER DANN?
ICH WEISS NICHT.
AHA ...

WENN MAN IMMER AUF DER FLUCHT IST UND SICH ALLEIN DURCHSCHLÄGT, IST MAN DANN "TÜCHTIG"?
JA, SEHR TÜCHTIG.
TANTE ...
NENN UNS BITTE "RIAN", SHI-ON.
ALSO, RIAN ...
ES MUSS EIN SEHR HARTES UND UNMENSCHLICHES LEBEN GEWESEN SEIN.
ABER MIT SICHERHEIT BIST DU NICHT GANZ ALLEIN GEWESEN.
DU HATTEST GEWISS HILFE VON DEINEN ELTERN UND ANDEREN MENSCHEN ...
UND SUJELIM SCHEINT DICH GESEGNET ZU HABEN, DENN DU BIST NUN HIER...

AUCH WENN ICH MENSCHEN TÖTE?
AUCH DANN GIBT SUJELIM MIR IHREN SEGEN?
ICH HABE SUJELIM ABER NIE GEDANKT!
VIELE MENSCHEN SIND GETÖTET WORDEN, UND AUCH ICH HABE MENSCHEN GETÖTET.
ANDERS KANN MAN NICHT ÜBERLEBEN.
VERZEIHT EINEM SUJELIM, WENN MAN MENSCHEN TÖTET, UM ZU ÜBERLEBEN?
BIN ICH TROTZDEM "TÜCHTIG"?

DER MORD AN EINEM MENSCHEN IST ET-WAS, DAS BESTRAFT WERDEN MUSS!
ALSO MUSS ÜBERLEBEN AUCH BESTRAFT WERDEN?
A... ABER ...
NEIN.
DAS LEBEN IST DIE BUSSE DES MEN-SCHEN.
UND DESHALB HAT MAN DIR DIE CHANCE GE-GEBEN, WEITER-ZULEBEN ...
SHI-ON!

DAS IST MIR ZU KOMPLIZIERT, UM ES ZU VERSTEHEN, ABER...
DAS JEDEN-FALLS VERSTEHE ICH.
... BEDEUTET DAS NICHT, DASS MAN GLÜCKLICHER IST, WENN MAN TOT IST, RIAN?
ICH HABE ALLES GETAN, UM ZU ÜBER-LEBEN, ABER...
... ICH HABE AUCH OFT GE-DACHT, DASS ICH AM LIEBSTEN STERBEN WÜRDE.
ABER ICH KANN ES EINFACH NICHT.
STIRBT MAN, WENN MAN GEBÜSST HAT?

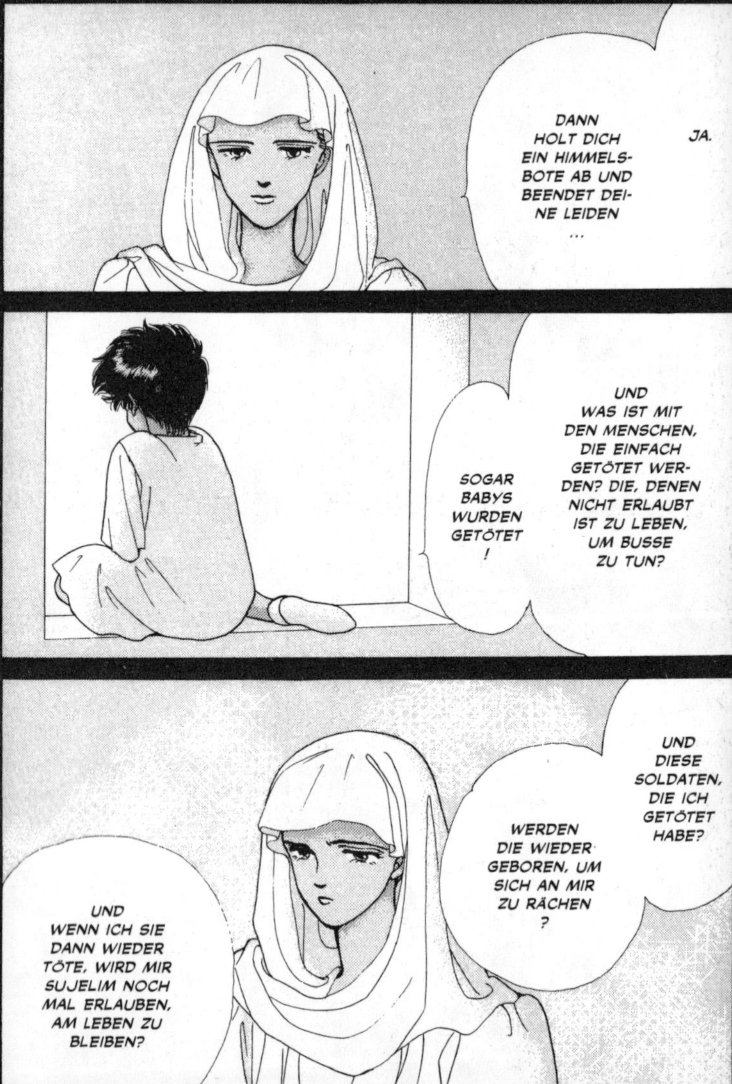
JA.
DANN HOLT DICH EIN HIMMELS-BOTE AB UND BEENDET DEI-NE LEIDEN ...
UND WAS IST MIT DEN MENSCHEN, DIE EINFACH GETÖTET WER-DEN? DIE, DENEN NICHT ERLAUBT IST ZU LEBEN, UM BUSSE ZU TUN?
SOGAR BABYS WURDEN GETÖTET !
UND DIESE SOLDATEN, DIE ICH GETÖTET HABE?
WERDEN DIE WIEDER GEBOREN, UM SICH AN MIR ZU RÄCHEN ?
UND WENN ICH SIE DANN WIEDER TÖTE, WIRD MIR SUJELIM NOCH MAL ERLAUBEN, AM LEBEN ZU BLEIBEN?

HAT ES DICH DENN GLÜCKLICH GEMACHT, DIE SOLDATEN ZU TÖTEN?
ICH FAND ES SCHRECKLICH! ABER ES WAR NICHT FALSCH.
UND WENN SIE WIEDERKOMMEN, TÖTE ICH SIE WIEDER.
ICH KANN SIE BESIEGEN.
MIR IST KLAR GEWORDEN, DASS ICH JENE KRAFT MÖGLICHERWEISE DESWEGEN HABE.
ABER WARUM HERRSCHT HIER FRIEDEN? HIER WERDEN NIRGENDS MENSCHEN GETÖTET, NICHT WAHR?

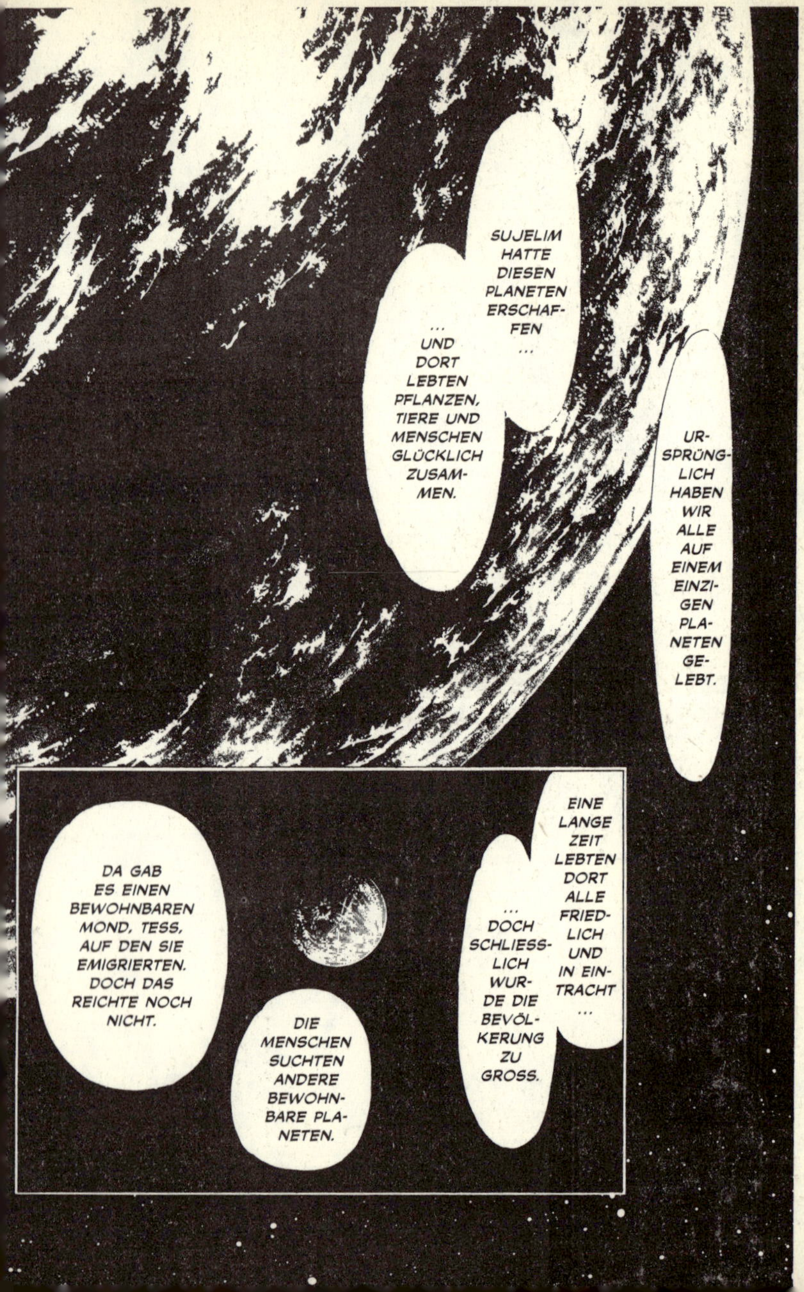
URSPRÜNGLICH HABEN WIR ALLE AUF EINEM EINZIGEN PLANETEN GELEBT.
SUJELIM HATTE DIESEN PLANETEN ERSCHAFFEN ...
... UND DORT LEBTEN PFLANZEN, TIERE UND MENSCHEN GLÜCKLICH ZUSAMMEN.
EINE LANGE ZEIT LEBTEN DORT ALLE FRIEDLICH UND IN EINTRACHT ...
... DOCH SCHLIESSLICH WURDE DIE BEVÖLKERUNG ZU GROSS.
DIE MENSCHEN SUCHTEN ANDERE BEWOHNBARE PLANETEN.
DA GAB ES EINEN BEWOHNBAREN MOND, TESS, AUF DEN SIE EMIGRIERTEN. DOCH DAS REICHTE NOCH NICHT.

EIN BISSCHEN GESCHWÄTZ
Teil 7

Als ich zum ersten Mal derartige Briefe bekam, hatte ich mich bewusst dazu entschieden, darauf mit Schweigen zu reagieren.
Ich dachte, so was kommt in der Pubertät eben vor...
Wenn PSME den Lesern Pseudo-Erfahrungen vermittelt, dann ist das an und für sich ja nichts Schlechtes...
Wenn ich als Autorin trotzdem bis zum Abwinken versichern würde, "PSME ist aber Fiktion!", würde ich damit ja vielleicht eure Träume und eure Fantasie zerstören... das waren jedenfalls meine ersten Überlegungen.
Außerdem glaubte ich, dass keine Notwendigkeit bestand, sich zu äußern, weil es ja ganz eindeutig eine fiktive Geschichte ist...
Aber es ist nun einmal so, dass es in dieser Welt eine Menge Menschen gibt, die nach Träumen hungern, nicht wahr?

ES VERGING EINE LANGE, FRIEDLICHE ZEIT, BIS SICH PLÖTZLICH AUF DEM HEIMATPLANETEN MEHRERE NATURKATASTROPHEN EREIGNETEN.
ES GAB UNZÄHLIGE ERDBEBEN ...
... UND DAS KLIMA SPIELTE PLÖTZLICH VERRÜCKT.
DAS EWIGE EIS BEGANN ZU SCHMELZEN UND LIESS DIE MEERESSPIEGEL ANSTEIGEN, GANZE STÄDTE WURDEN DADURCH ÜBERFLUTET.
MANCHE MENSCHEN SAGTEN, DIES SEI DIE STRAFE FÜR HOCHMUT, STOLZ...
... UND EGOISMUS DER MENSCHEN.
ANDERE SAGTEN, SUJELIM HAT EINE NEUE SCHÖPFUNG BEGONNEN.

LETZTENDLICH BLIEB DEN MENSCHEN VOM HEIMATPLANETEN NICHTS ANDERES ÜBRIG, ALS NACH SHIA UND SEDA ZU EMIGRIEREN.
DA WEIT MEHR MENSCHEN NACH SHIA EMIGRIERTEN, WURDE DIESER STERN ERSATZHEIMATPLANET GENANNT.
DANACH VERGINGEN WIEDERUM LANGE, LANGE JAHRE.
DOCH EINES TAGES KAM EIN FUNKSPRUCH VOM MOND TESS AN SHIA, DEN ERSATZHEIMATPLANETEN.
DER ZUSTAND DES HEIMATPLANETEN HABE SICH WIEDER STABILISIERT, ER SEI WIEDER BEWOHNBAR UND PARADIESISCHER ALS JE ZUVOR... HIESS ES.

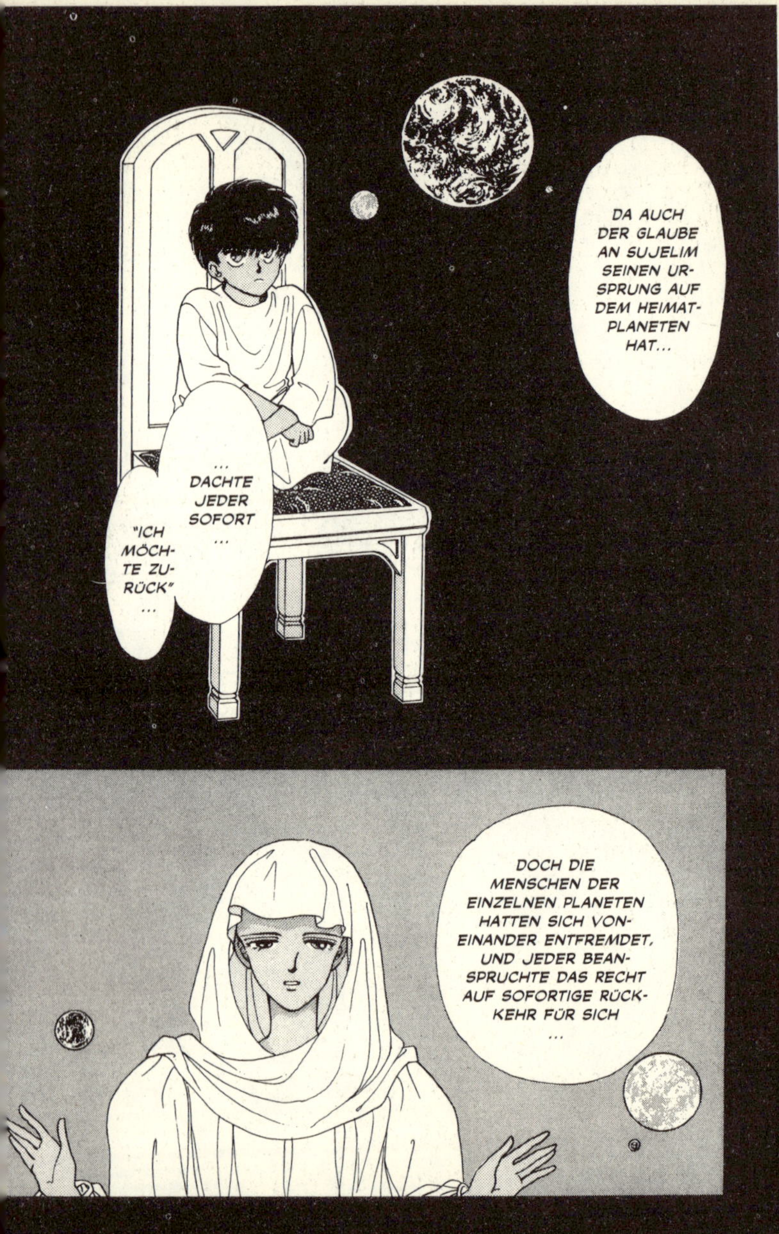
DA AUCH DER GLAUBE AN SUJELIM SEINEN URSPRUNG AUF DEM HEIMATPLANETEN HAT...
"ICH MÖCHTE ZURÜCK" ...
... DACHTE JEDER SOFORT ...
DOCH DIE MENSCHEN DER EINZELNEN PLANETEN HATTEN SICH VONEINANDER ENTFREMDET, UND JEDER BEANSPRUCHTE DAS RECHT AUF SOFORTIGE RÜCKKEHR FÜR SICH ...

DIE FRIEDLICHE HEIMKEHR FUNKTIONIERTE NICHT ... ÜBEREINKÜNFTE UND ABMACHUNGEN WURDEN GEBROCHEN ...
ALS ERSTES FIEL SEDA AUF TESS EIN.
ALS SHIA UND KAYA DAS ERFUHREN, MACHTEN SIE SICH EBENFALLS AUF DEN WEG NACH TESS, UM DEM EINHALT ZU GEBIETEN.
SO BEGANN DER KRIEG.
UND DORT AUF TESS WARST DU ...
... SHION.
JETZT ABER BIST DU AUF SHIA.

WÄHREND SIE AUF DIE REGENERIERUNG DES HEIMATPLANETEN WARTETEN, HATTEN SICH DIE MENSCHEN AUCH NOCH AUF ANDERE STERNENSYSTEME UND PLANETEN AUSGEBREITET...
MITTLERWEILE HAT SICH DER KRIEG AUCH AUF DIESE GEBIETE AUSGEDEHNT UND ES GEHT NICHT MEHR ALLEIN UM DEN HEIMATPLANETEN.
WAR DAS... ZU KOMPLIZIERT?
SHION?

RIAN!
WIE BITTE? MITTEN IN DER NACHT?!
WER IST ES?
SCHON WIEDER RUMENITA UND SHI-ON, RIAN!
SIE SCHLAGEN SICH, UND DIE MÄDCHEN WEINEN!
RIAAAN!
WER HAT DAMIT ANGEFANGEN?
SHI-ON WAR'S, RIAN!
KOMM BITTE, RIAN ...
EINE PRÜGELEI!
SHI-ON!
RUMENITA HAT MICH GEÄRGERT!
ER HAT BEHAUPTET, ICH WÜRDE STINKEN!

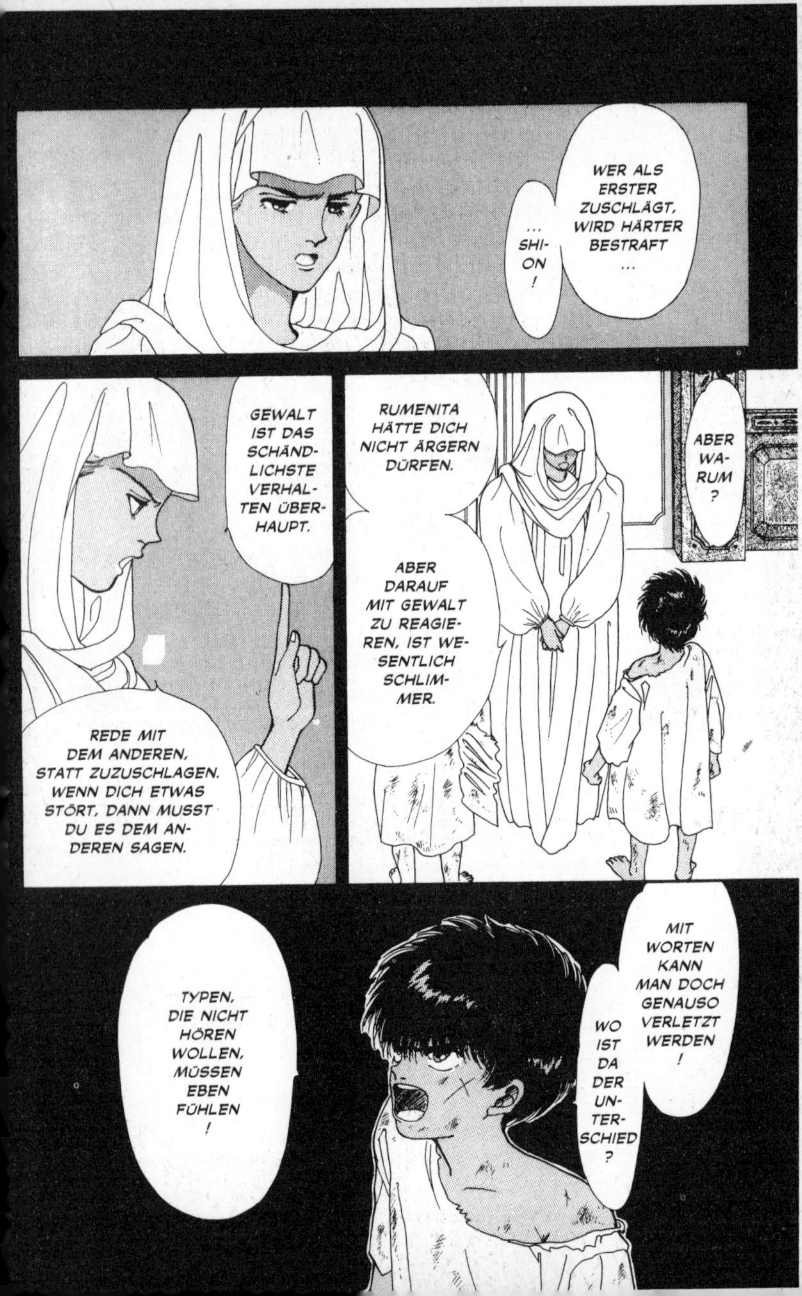
WER ALS ERSTER ZUSCHLÄGT, WIRD HÄRTER BESTRAFT ...
... SHI-ON !
ABER WA-RUM ?
RUMENITA HÄTTE DICH NICHT ÄRGERN DÜRFEN.
ABER DARAUF MIT GEWALT ZU REAGIE-REN, IST WE-SENTLICH SCHLIM-MER.
GEWALT IST DAS SCHÄND-LICHSTE VERHAL-TEN ÜBER-HAUPT.
REDE MIT DEM ANDEREN, STATT ZUZUSCHLAGEN. WENN DICH ETWAS STÖRT, DANN MUSST DU ES DEM AN-DEREN SAGEN.
MIT WORTEN KANN MAN DOCH GENAUSO VERLETZT WERDEN !
WO IST DA DER UN-TER-SCHIED ?
TYPEN, DIE NICHT HÖREN WOLLEN, MÜSSEN EBEN FÜHLEN !

DIE ERWACHSENEN TUN IMMER SO GROSSARTIG ABER MACHEN'S DANN DOCH GENAUSO!
REDEN HILFT MANCHMAL EBEN NICHT WEITER!
SO EINE REGEL IST SCHÖN UND GUT, ABER GÜLTIG IST SIE NUR IM FRIEDEN ...
ICH WEISS BESCHEID!

ERWACHSENE, DIE SO DENKEN, HABEN DIESEN KRIEG VERURSACHT, SHI-ON!
WER SO DENKT, VERNICHTET SICH SELBST!
RIAN, DAS IST DOCH ALLES SCHEISSE!
WENN IHR DEN KRIEG MITERLEBEN MÜSSTET, WÜRDET IHR HEI-LIGEN RIANS SCHNELL ANDERS DENKEN!
UND SUJELIM IST AUCH NUR SCHEISSE!
DIESES GANZE HEILIGE GETUE UND GEMACHE! SUJELIM EXISTIERT DOCH GAR NICHT ODER IST SCHON LANGE TOT!

WO WILLST DU HIN, SHI-ON ?!
SHI-ON!
JA ...
ER IST EIN UNGLAUBLICH KLUGES KIND.
MANCHMAL FALLEN MIR EINFACH KEINE ANTWORTEN MEHR EIN ...
UND OFT ...
NUN ...

ER KOMMT MIT SEINER VERÄNDERTEN UMGEBUNG NICHT ZURECHT...
DER UNTERSCHIED IST EINFACH ZU GROSS.
ER IST IM KRIEG AUFGEWACHSEN ...
ES IST KEIN WUNDER, DASS ER SICH AUFLEHNT.
DIESE WELT IST SELBST FÜR ERWACHSENE ALLZU KOMPLIZIERT.
...
TOCK
OHA ...
DA SCHEINT UNS EIN KLEINER EINDRINGLING BELAUSCHT ZU HABEN !
KOMM HERAUS, SHI-ON.

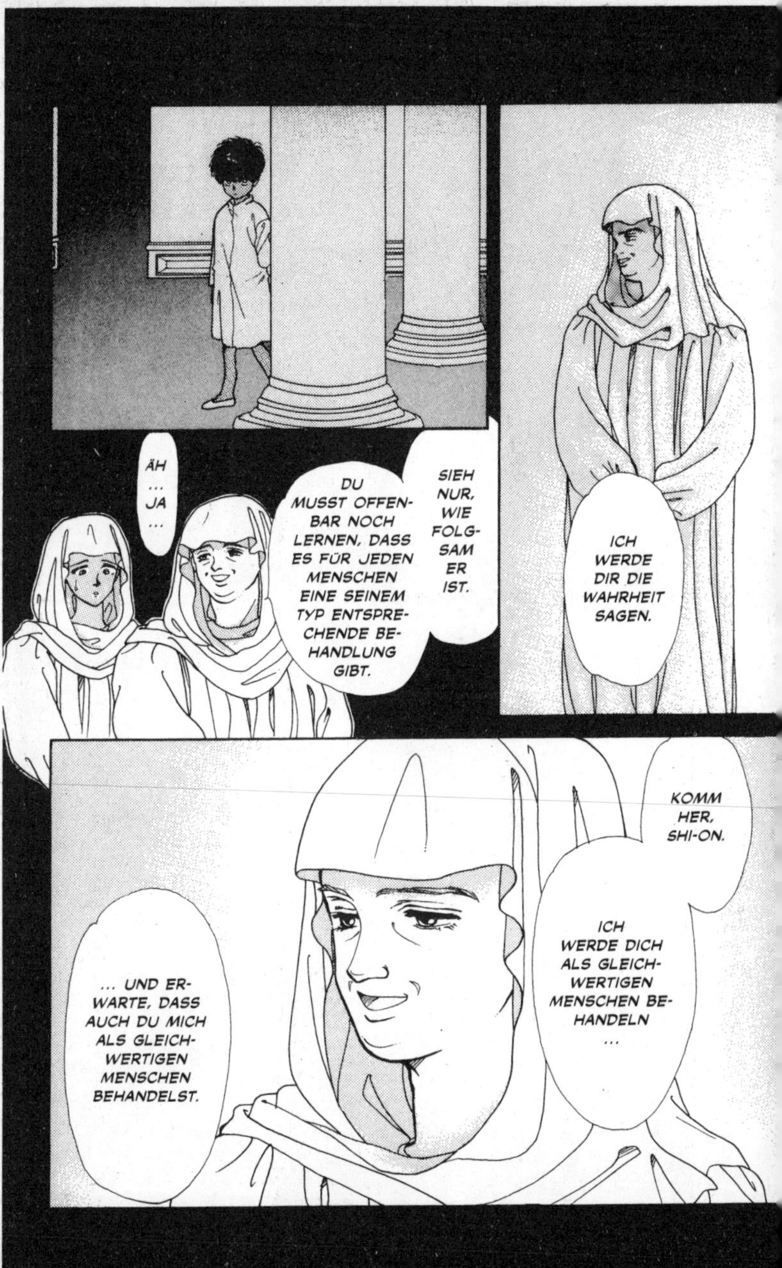
ICH WERDE DIR DIE WAHRHEIT SAGEN.
SIEH NUR, WIE FOLGSAM ER IST.
DU MUSST OFFENBAR NOCH LERNEN, DASS ES FÜR JEDEN MENSCHEN EINE SEINEM TYP ENTSPRECHENDE BEHANDLUNG GIBT.
ÄH ... JA ...
KOMM HER, SHI-ON.
ICH WERDE DICH ALS GLEICHWERTIGEN MENSCHEN BEHANDELN ...
... UND ERWARTE, DASS AUCH DU MICH ALS GLEICHWERTIGEN MENSCHEN BEHANDELST.

ALSO, SETZ DICH HIER OBEN HIN.
WA-RUM?
WENN WIR VON GLEICH ZU GLEICH MIT-EINANDER SPRECHEN, SOLLTEN UNSERE AUGEN AUF GLEI-CHER HÖHE SEIN.
SCHRECK
IST ES SO GUT?

... JA ...
RICHTIG !
DU BESITZT JA DIE GNADE DES SURCHESS.
SURCHESS ?
DIE KRAFT, ZU VERSCHWINDEN ODER BELIEBIG DEN STANDORT ZU WECHSELN.
EINE DER GÖTTLICHEN GNADEN.
DIESE KRAFT? VON SUJELIM ?
DIEJENIGEN, DIE DIESE GABE ERHALTEN HABEN, SIND DAZU BESTIMMT, DIESE WELT ZU ÜBERLEBEN.
HALTE SIE IN EHREN. ES GIBT NÄMLICH NICHT GERADE VIELE VON EUCH.
ICH GLAUBE NICHT AN SUJELIM.
ICH HAB SIE NOCH NIE GESEHEN. DU ETWA ?

NEIN.
ABER ICH ÜBE DIESEN BERUF AUS, UND DASS BEDEUTET, DASS ICH AN SIE GLAUBE.
DASS ES SURCHESS WIE DICH UND KICHE-SUJELIMA-NER GIBT, WEISST DU.
KICHE-SUJELI-MANER ?
DAS SIND PER-SONEN, DIE AUF DER STIRN VIER ROTE ZEICHEN TRAGEN.
SIE SIND VON DER GÖTTIN AUS-ERWÄHLT UND BESITZEN ÄHNLICHE KRÄFTE WIE DU.
ABER SIE KÖNNEN WEIT MEHR ALS GE-WÖHNLICHE SURCHESS ...
SIE KÖNNEN KARGE ERDE WIEDER ZUM LEBEN ER-WECKEN.
SIE SEHEN DIE ZUKUNFT VORAUS.
ÄLTERE KICHESS KÖNNEN DURCH EIN-FACHES BERÜHREN KRANK-HEITEN HEILEN.
UND SIE KÖNNEN MIT DEN TIEREN SPRECHEN.
OH!
SO KO-MISCHE LEUTE GIBT ES ?!
WO DENN ?!

ES GIBT NUR SEHR WENIGE VON IHNEN ...
ES SOLL UNTER HUNDERT MILLIONEN MENSCHEN NUR EINEN KICHESS GEBEN.
DA ICH SCHON SEHR LANGE RIAN BIN ...
... HABE ICH NATÜRLICH EINIGE VON IHNEN GETROFFEN. MIT GLÜCK TRIFFST DU VIELLEICHT AUCH MAL EINEN.
ICH HABE MIT MEINEN EIGENEN AUGEN ...
... SCHON VIELE WUNDER GESEHEN ...
UND JEDES MAL HABE ICH GEFÜHLT, DASS ...
... SUJELIM EXISTIERT.

WAREN ES KICHESS, DIE DEN HEIMATPLANETEN WIEDER ZUM LEBEN ER-WECKTEN?
MÖG-LICH. DIE KICHESS VON TESS HABEN ...
... ÜBER LANGE ZEIT IHRE LIEDER ZUM HEIMAT-PLANE-TEN GE-SCHICKT.
VIEL-LEICHT HAT ER SICH DES-WEGEN SO UNGLAUB-LICH SCHNELL REGENE-RIERT.
DIE KICHESS RUFEN DIE VEGE-TATION DURCH IHREN GESANG HERVOR.

EIN BISSCHEN GESCHWÄTZ
Teil 8

Durch Manga, Geschichten, Romane oder auch Filme kann man in der Tat Pseudo-Erfahrungen machen.
Ja, Pseudo-Erfahrungen, aber daraus werden niemals wirkliche Erfahrungen.
Auch wenn du dir beim Lesen genau vorstellen kannst, wie ein ESPler fühlt, kannst du dich in der Realität deswegen noch lange nicht teleportieren, oder?!
Wenn jemand, der immer nur als Beifahrer mit dem Auto gefahren ist, plötzlich meint, er könnte aufgrund dieser Erfahrungen auch fahren, ist eines klar: der spinnt!
Aber fahren kann er deswegen noch lange nicht! Das steht außer Zweifel, und er sollte damit zufrieden sein, eine schöne Aussicht genossen zu haben.
Und selbst wenn eine Fiktion Realität würde, dann würde es garantiert nicht genauso ablaufen wie in der Fiktion…
glaube ich…!

DU KANNST NICHT AN SUJELIM GLAUBEN, WIE?
VOR LANGER ZEIT GAB ES VIELE, DIE SUJELIM VERNEINTEN...
... DAS WAR BEVOR DIE GROSSE KATASTROPHE AUF DEM HEIMATPLANETEN AUSBRACH.
DIE MENSCHEN, DIE EIN SORGLOSES LEBEN FÜHREN, KÖNNEN MEINETWEGEN AN SUJELIM GLAUBEN ...
ICH KANN SIE NICHT SEHEN.
ES GIBT DA EINE GESCHICHTE.
EINE URALTE LEGENDE.

ALS DIE ZIVILISATION AUF DEM HEIMATPLANETEN NOCH IN IHREN KINDERSCHUHEN STECKTE ...
... FÜRCHTETEN DIE KÖNIGE DIE KRAFT UND DIE EXISTENZ DER KICHE-SUJELIMANER. SIE VERANSTALTETEN SO GENANNTE HEXENJAGDEN.
FRÜHER GAB ES EINE VIEL GRÖSSERE ANZAHL AN KICHESS.
ABER AUS FURCHT HÜTETEN SICH SELBST DIE ANHÄNGER DES SUJELIM-GLAUBENS DAVOR, DIE NAMEN SUJELIM UND KICHESS IN DEN MUND ZU NEHMEN.
SUJELIM WAR DARÜBER SCHRECKLICH ERBOST UND VERSTECKTE DIE KICHESS.

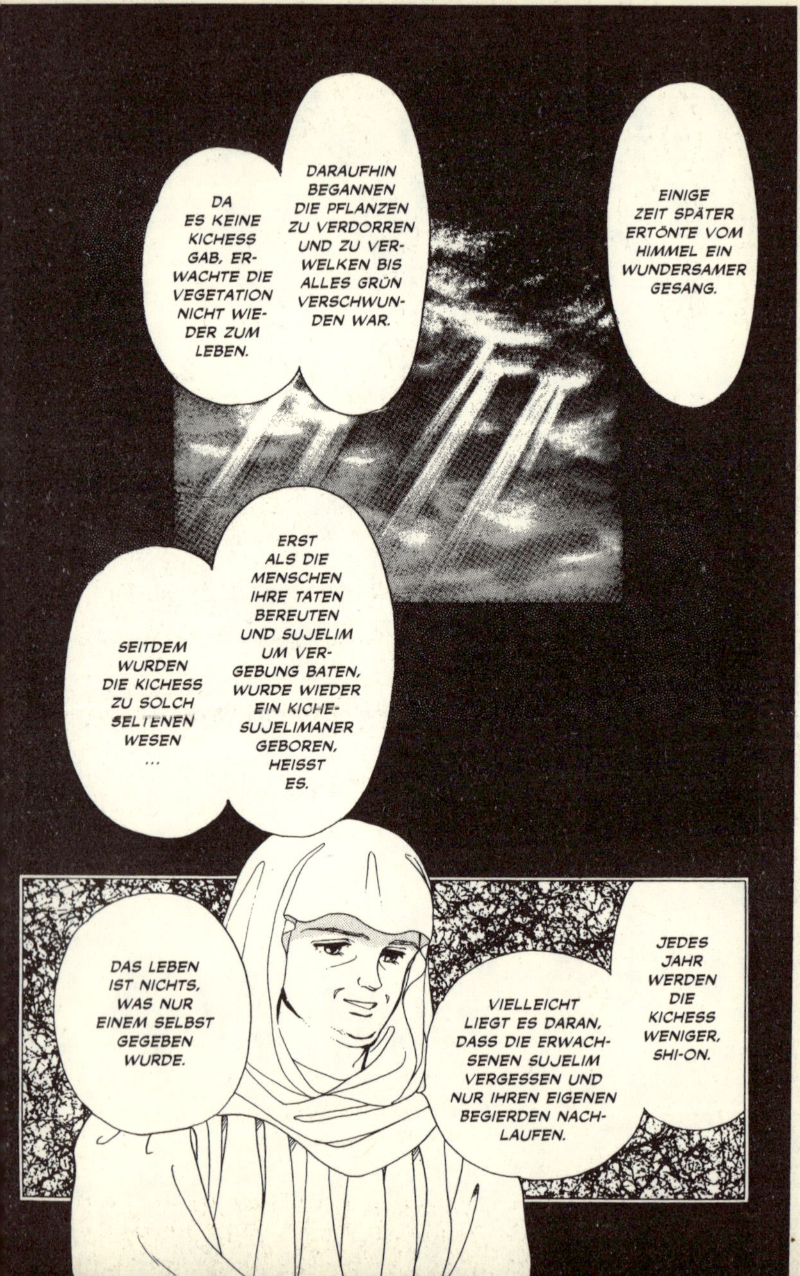
DA ES KEINE KICHESS GAB, ERWACHTE DIE VEGETATION NICHT WIEDER ZUM LEBEN.
DARAUFHIN BEGANNEN DIE PFLANZEN ZU VERDORREN UND ZU VERWELKEN BIS ALLES GRÜN VERSCHWUNDEN WAR.
EINIGE ZEIT SPÄTER ERTÖNTE VOM HIMMEL EIN WUNDERSAMER GESANG.
ERST ALS DIE MENSCHEN IHRE TATEN BEREUTEN UND SUJELIM UM VERGEBUNG BATEN, WURDE WIEDER EIN KICHE-SUJELIMANER GEBOREN, HEISST ES.
SEITDEM WURDEN DIE KICHESS ZU SOLCH SELTENEN WESEN ...
JEDES JAHR WERDEN DIE KICHESS WENIGER, SHI-ON.
VIELLEICHT LIEGT ES DARAN, DASS DIE ERWACHSENEN SUJELIM VERGESSEN UND NUR IHREN EIGENEN BEGIERDEN NACHLAUFEN.
DAS LEBEN IST NICHTS, WAS NUR EINEM SELBST GEGEBEN WURDE.

DIE KICHESS SIND DER MENSCHHEIT VON SUJELIM GESENDET WORDEN.
SIE SIND VERMITTLER, UM DEN DIALOG ZWISCHEN NATUR UND MENSCH MÖGLICH ZU MACHEN.
DIE MENSCHEN SIND IM BEGRIFF, DAS ZU VERGESSEN UND BRINGEN SICH SOGAR GEGENSEITIG UM.
DABEI WÜRDEN SIE GANZ VON SELBST DIE EXISTENZ SUJELIMS ERFAHREN, WENN SIE ANDERES LEBEN RESPEKTIEREN WÜRDEN.
WENN ES ...
... SO WEITERGEHT, WIRD WOHL IRGENDWANN DER TAG KOMMEN, AN DEM ES KEINE KICHESS MEHR GIBT...

GUTEN TAG ...
SHION ... ... ZAI-TESS.
DU GIBST NICHT GERN DIE HAND?
ICH BIN ...
... LAZLO DIKOMOTE UND AB HEUTE DEIN VIDA. HALLO!

EIN BISSCHEN GESCHWÄTZ
Teil 9

Ich glaube, das Fernsehen trägt auch seinen Teil dazu bei, dass die Unterscheidung zwischen Realität und Fiktion manchen so schwer fällt...
Auf dem Bildschirm gibt es Fiktion und Non-Fiktion wahllos durcheinander, nicht wahr?
Das Trans-Amerika-Ultraquiz ist zum Beispiel ein Programm, das tatsächliche Begebenheiten zusammenstellt.
Daher handelt es sich dabei um Realität, doch für die Menschen, die es im TV sehen, wird es nicht zu einer wirklichen Erfahrung, da sie ja nicht selbst dabei mitmachen, oder?
Es ist also eine Pseudo-Erfahrung!
In diesem Fall besteht aber zumindest theoretisch die Möglichkeit, dass man es einmal selbst erleben kann...

WIR SIND JA LETZTENDLICH NICHT WIRKLICH VATER UND SOHN.
DAHER IST ES EIN SPIEL.
LASS ES UNS ALS EIN SPIEL BETRACHTEN.
WIE GEHT ES?
MAGST DU'S AUSPROBIEREN?
SO TUN, ALS WÄREN WIR VATER UND SOHN? UND WAS HEISST DAS KONKRET?
WAS SOLL ICH TUN?
TJA... ZUM BEISPIEL ...
Genau!
WIR ESSEN GEMEINSAM.
Klingt das nicht lustig? ❤

*KYAA = KREISCH

ER HIER ...
KYAAAA
TJA. SO REAGIEREN DIE MEISTEN. DESHALB HEISST ER KYAA!
NICK NICK
Du solltest wirklich die Sonnenbrille absetzen...
DU BRAUCHST KEINE ANGST ZU HABEN, SHION!
Er fragt ob du einen Tee magst?
WAS IST DAS? EIN MENSCH ?
ER IST EIN SELTENES WESEN AUS DER JINYAN-GALAXIE UND SEHR KLUG.

ES IST ZIEMLICH MUTIG VON DIR, MIT MIR ZUSAMMENLEBEN ZU WOLLEN.
WIESO?
DU WEISST DOCH BESTIMMT, DASS ICH MENSCHEN GETÖTET HABE.
HAST DU KEINE ANGST?
NEIN, KYAA IST JA DA.
Ha!
ICH BIN EIN SURCHESS!
TUT MIR LEID, ABER KYAA FRISST DIE KRÄFTE DER SURCHESS.
KNURPS KNURPS
KNURPS KNURPS
ER ZERBEISST SIE EINFACH!
ECHT?

WIESO NENNST DU MICH NICHT SHI-ON, SONDERN …
… SHION, OHNE PAUSE DAZWISCHEN ?
NA JA, SO IST ES EINFACHER AUSZUSPRECHEN, NICHT?
DU KANNST MICH AUCH LAZLO NENNEN STATT LA-ZLO.
DU HAST EINEN GUTEN TAUFNAMEN BEKOMMEN.
"TESS", DAS IST DER NAME DES MONDES. DAS WAR DOCH DEIN HEIMATPLANET, NICHT WAHR?

GESTERN HAT KYAA IN MEINEM BETT GESCHLAFEN! DAS STÖRT MICH!
NA, DANN SCHLAF DOCH EINFACH AUF KYAA! ER KANN NÄMLICH AUCH EIN BETT SEIN.
BEISST ER MICH NICHT?
ER LECKT NUR.
SCHNURR
KYAA FRISST AUCH NOCH ANDERE DINGE ALS SURCHESS-POWER.
ABER SEINE LIEBLINGS-SPEISE SIND DIESE KRÄFTE.
GIB IHM DOCH EIN WENIG, OKAY?

SIE MÜSSEN IHN SCHON ANSTÄNDIG ERZIEHEN!
WENN SO ETWAS NOCH EINMAL PASSIERT, WERDE ICH DER REGIERUNG DAVON BERICHTEN.
ICH WERDE IHNEN DIE QUALIFIKATION ZUM VIDA ENTZIEHEN LASSEN!
WAS GLAUBEN SIE, MIT WIE VIEL STICHEN ER GENÄHT WURDE?!
SHION ...
SHION ?

SAG MAL ... ... KYAA.
WEISST DU, WO SHION IST?
BIST DU NICHT BÖSE ?
NEIN. WA-RUM ?
DIE RIAN WURDEN IMMER BÖSE!
ERSTENS BIN ICH KEINE RIAN, UND ZWEITENS SIND WIR NOCH NICHT IN SOLCHEM MASSE WIE VATER UND SOHN.

NATÜRLICH WAR ES FALSCH VON DIR, GEWALT ANZUWENDEN.
ABER DU WURDEST DAMIT AUFGEZOGEN, DASS DU EINE KRIEGSWAISE BIST.
DESHALB MÖCHTE ICH JETZT DAS TUN, WAS ICH ALS ERSATZVATER ALS ERSTES TUN WOLLTE.
DARF ICH?

WAS MACHST DU DA, LAZLO ?!
WAS? ICH TU SO, ALS WÄREN WIR VATER UND SOHN!
VÄTER TUN SO WAS, STATT ZU SCHIMPFEN ?
TJA... DAS HÄNGT WOHL VON DER JEWEILIGEN FAMILIE AB.
HM ... HMMM ...
WARUM WEINST DU?
SHION ...
ICH WEISS NICHT, ABER ...

WAHRSCHEINLICH ...
... IST DIR KLAR GEWORDEN ...
... DASS DU SO EINE ERFAHRUNG ZUM ERSTEN MAL MACHST.
... DIE TRÄNEN KOMMEN EINFACH RAUS.
FÜR DICH IST ES DER ERSTE KUSS, ABER ...
... DIE ANDEREN KINDER HABEN SCHON VIELE DAVON BEKOMMEN.
FÜR DEN JUNGEN, DEN DU NIEDERGESCHLAGEN HAST, IST DAS SEIT SEINER GEBURT ETWAS VÖLLIG NORMALES.
DAS BEDEUTET "WAISENKIND", UND DAS IST DIR WIEDER KLAR GEWORDEN.
SHION'S HEART.
DU HAST ...
... IN DEN TIEFEN DEINES HERZENS ...

... EMP-FUNDEN, DASS DU "EINSAM" BIST.
EIN SEHR MENSCHLICHES GEFÜHL.
WILLST DU DAMIT SAGEN, BIS JETZT WAR ICH KEIN MENSCH?
ICH WAR SO WAS WIE KYAA?
Wie fies!
DAS SAGST DU SELBST ...
HICK
ÄRGERLICH ?

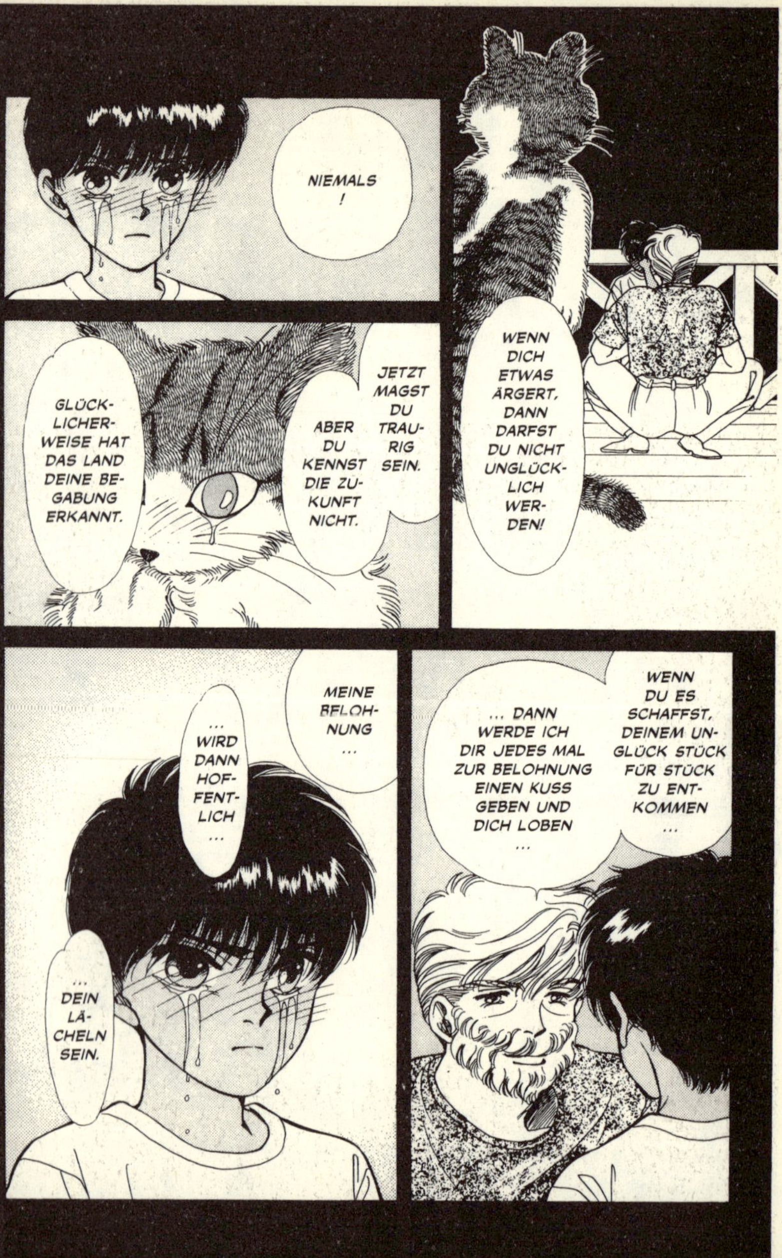
WENN DICH ETWAS ÄRGERT, DANN DARFST DU NICHT UNGLÜCKLICH WERDEN!
NIEMALS !
JETZT MAGST DU TRAURIG SEIN.
ABER DU KENNST DIE ZUKUNFT NICHT.
GLÜCKLICHERWEISE HAT DAS LAND DEINE BEGABUNG ERKANNT.
WENN DU ES SCHAFFST, DEINEM UNGLÜCK STÜCK FÜR STÜCK ZU ENTKOMMEN …
… DANN WERDE ICH DIR JEDES MAL ZUR BELOHNUNG EINEN KUSS GEBEN UND DICH LOBEN …
MEINE BELOHNUNG …
… WIRD DANN HOFFENTLICH …
… DEIN LÄCHELN SEIN.

AUF DIESE WEISE WIRST DU...
... ALLMÄHLICH IMMER BESSER DARIN WERDEN, SO ZU TUN, ALS WÄRST DU EIN KIND.
WIR WERDEN IMMER MEHR WIE VATER UND SOHN.
IST DOCH LUSTIG, ES SO ZU SEHEN, ODER?
WIR SIND GLEICHBERECHTIGT UND GLEICHZEITIG ...
... KÖNNEN WIR WIE VATER UND SOHN WERDEN.
FREUNDE UND NOCH DAZU VATER UND SOHN. TOLL, WAS?

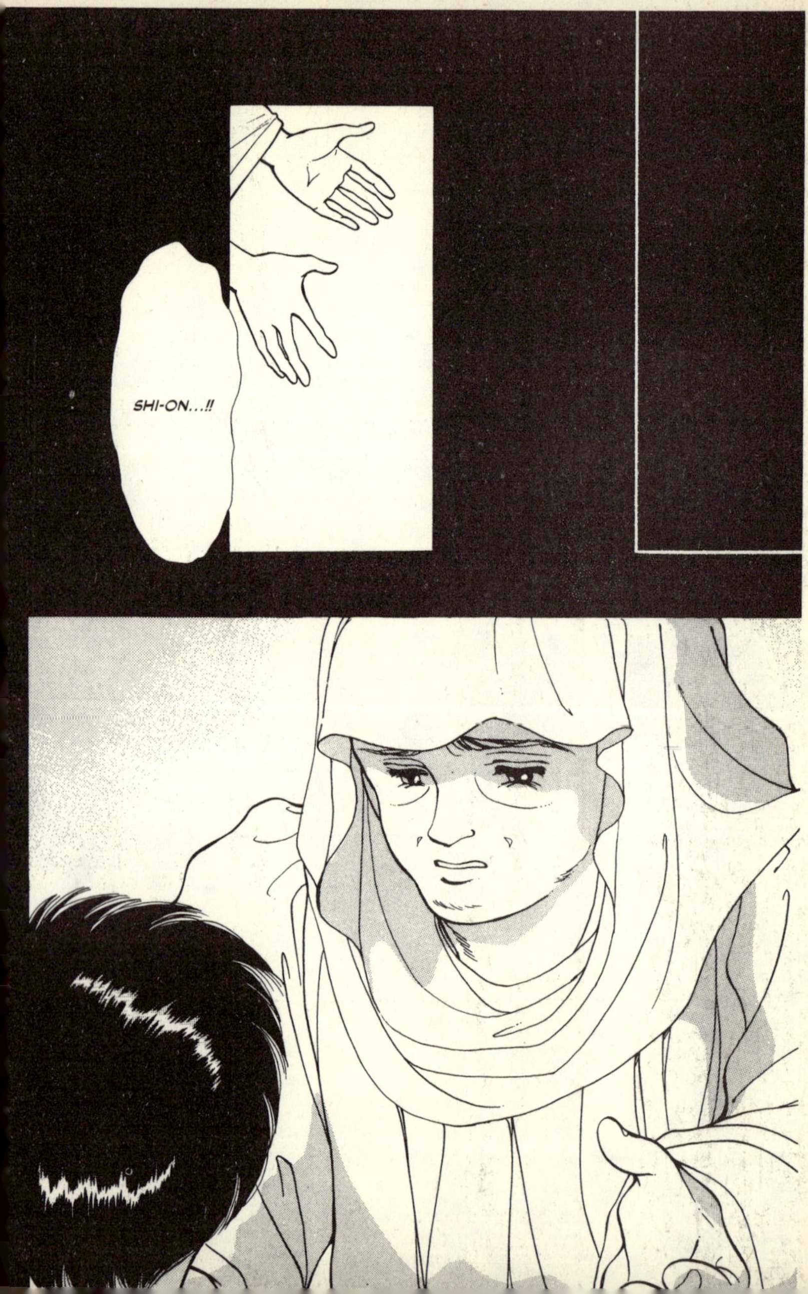
SHI-ON...!!

EIN BISSCHEN GESCHWÄTZ Teil 10

Wenn ihr mich jetzt allerdings fragt, ob ich selbst denn nicht an UFOs oder ESP glaube, dann muss ich es gestehen:
Ja, ich gehöre zu denen, die an so etwas glauben... Tatsächlich habe ich neulich erst im Morgengrauen einen Stern erspäht, der sich verdächtig unstet am Himmel bewegte...
Aber halt, eines möchte ich noch sagen: Leute, seht zu, dass ihr euch auf vernünftige Art und Weise an Fiktion erfreut!
Es gibt schon genug Leute, die sich wegen allem möglichen Scheiß die ganze Zeit gegenseitig fertig machen...
Manche streiten sich doch glatt, weil sie ihren Lieblingscharakter unterschiedlich sehen...
Solange es nur ein Spiel ist, ist das ja okay, aber ich finde es ein bisschen traurig, wenn das Ganze zu ernst genommen wird. Man sollte sich doch freuen, wenn man die Meinung von anderen kennen lernt und das als Bereicherung betrachten...

DU HAST GELOGEN, LAZLO.
ICH HABE NOCH NICHT EINMAL GE-LACHT. UND SELBST WENN ICH JETZT LACHE, WIRST DU MIR KEINEN KUSS ZUR BE-LOHNUNG GEBEN, ODER?
NUR 78 TAGE...
RASCHEL
KYAA ?

SHI-ON? LASS UNS GE-HEN.

SHI-ON ?
ER HAT MICH ALLEIN GELASSEN.
SIE HABEN MICH EINFACH ALLEIN GELASSEN.

ICH BIN ALLEIN.
ICH KANN NIE MEHR HIER-HER...
... ZURÜCK.

DU HAST IN DEN TIEFEN DEINES HERZENS ...
... EMPFUNDEN, DASS DU "EINSAM" BIST.

DU DARFST NICHT UN-GLÜCKLICH WERDEN !
NIEMALS!

OH!
TRÄNEN?

EIN BISSCHEN GESCHWÄTZ Teil II

Kurz bevor ich mit "Please Save My Earth" begann, hat mir die Redaktion eine Seite des "Hana to Yume"-Magazins für Werbezwecke zur Verfügung gestellt.
Dort wurden verschiedene Aspekte der Geschichte, sowie viele verschiedene Fragen und Antworten abgedruckt!
Eine meiner Antworten lautete damals, "Sieht aus, als ob es ziemlich unglaubwürdig wird."
Heute würde ich wohl eher sagen, "Sieht aus, als ob es ziemlich fuzzy wird"!
Wahaahahaha!
Und?
Nerv ich euch langsam...?!
Aber mal im Ernst, es ist für mich sehr spannend, die unterschiedlichsten Meinungen und Ansichten meiner Leser zu hören.
Ja, allein deswegen lohnt es sich, diese Geschichte zu zeichnen. ❤
Dass es Leser gibt, die mitdenken und nachhaken ist für einen Zeichner die beste Vermögensgrundlage!

Sieht ja aus wie auf einer Beerdigung...

MEIN GESANG ...
BEI MENSCHEN WIRKT ER JA VERMUTLICH NICHT ...
ABER VIELLEICHT KANN ER DANN JA VON AKITA TRÄUMEN.
VOM LAND UND VON SEINER GROSS-MUTTER ...
WENN ICH GANZ LEISE SINGE, WACHT ER SICHER NICHT AUF...

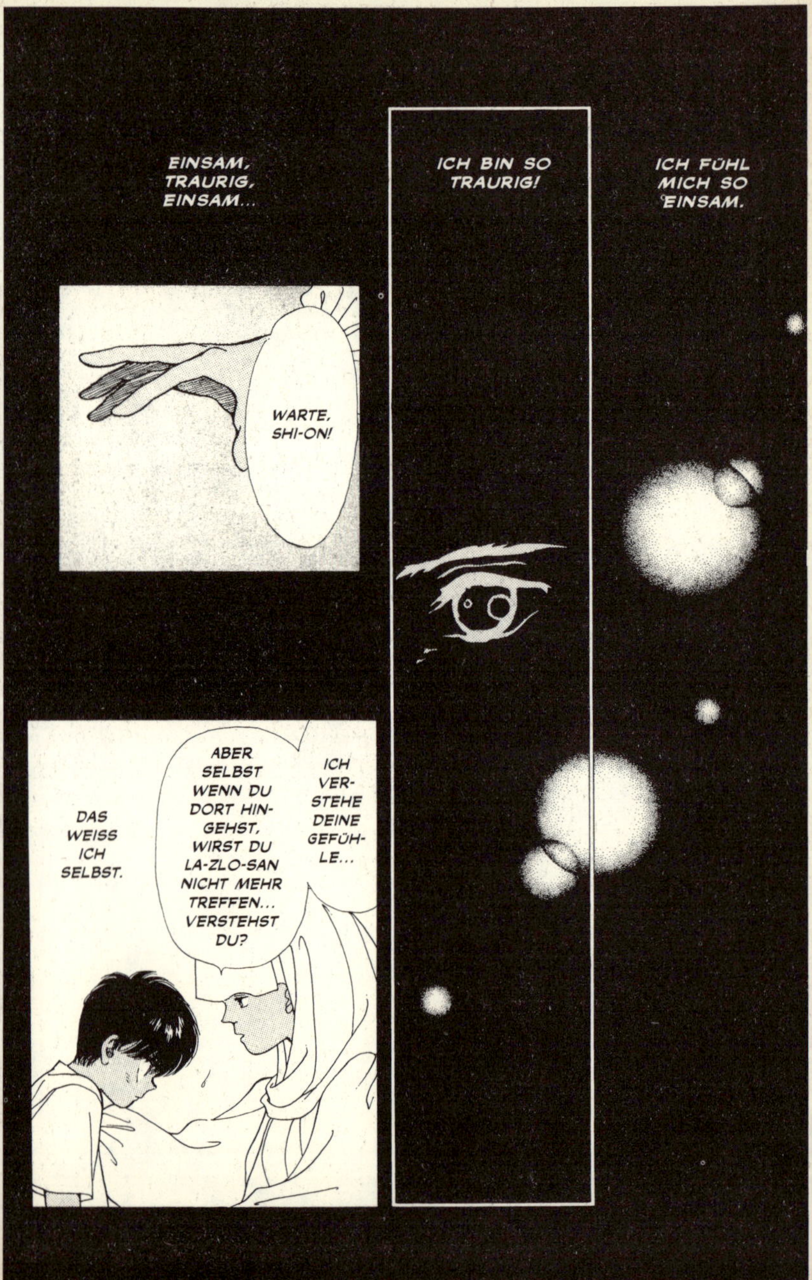
ICH FÜHL MICH SO EINSAM.
ICH BIN SO TRAURIG!
EINSAM, TRAURIG, EINSAM...
WARTE, SHI-ON!
ICH VER-STEHE DEINE GEFÜH-LE...
ABER SELBST WENN DU DORT HIN-GEHST, WIRST DU LA-ZLO-SAN NICHT MEHR TREFFEN... VERSTEHST DU?
DAS WEISS ICH SELBST.

SHI-
ON!

IM TRAUM KANN ICH IHN DOCH TREFFEN!
WENN DOCH DAS HIER DER TRAUM WÄRE!
WENN ICH MIT MEINEM KOPF GANZ FEST AUF DEN BODEN HÄMMERE, WACHE ICH BESTIMMT AUF.

DANN KANN ICH DIESEN SCHMERZ LOS-WERDEN.
WAS IST DAS?
DA OBEN ...
... HÖRE ICH ETWAS.

EINE STIMME.
SIE SINGT.
...
... KYAA ...?
DIESE STIMME HAB ICH NOCH NIE GEHÖRT.
LAZLO ?
DIESES LIED HAB ICH NOCH NIE GEHÖRT.
WAS IST DAS NUR?
ES KOMMT VON DA HINTEN...
KRUIIK...

HIER WAR DOCH FRÜHER KEIN BILD VON SUJELIM!
ABER WIESO ...
ABER ES KOMMT VON DIESEM BILD.
VIELLEICHT IST ES KICHESS-GESANG... DAVON HAT DIE RIAN DOCH GESPROCHEN...
KRUK...
EINE TÜR!
SIE ÖFFNET SICH!

KRU IIK...
AH !!

LAZLO...!! KYAA!!
DAS IST EINE TÜR IN DIE ANDERE WELT!!
ALSO WAR DAS HIER DOCH EIN TRAUM!
LAZLO SAGT ETWAS.

ER SAGT, ICH SOLL MITKOMMEN!!

OH!
RIN-KUN ...

zzZ...
LAZ-LO?
...KYAA?
"KYAA"...?
...
Für den sing ich nie wieder!
Und das sagt er mir ins Gesicht!
GRUMMEL!
DATSCH
ZZ...
ZZ...
HMPF!
Will er damit sagen, dass ich kreische?

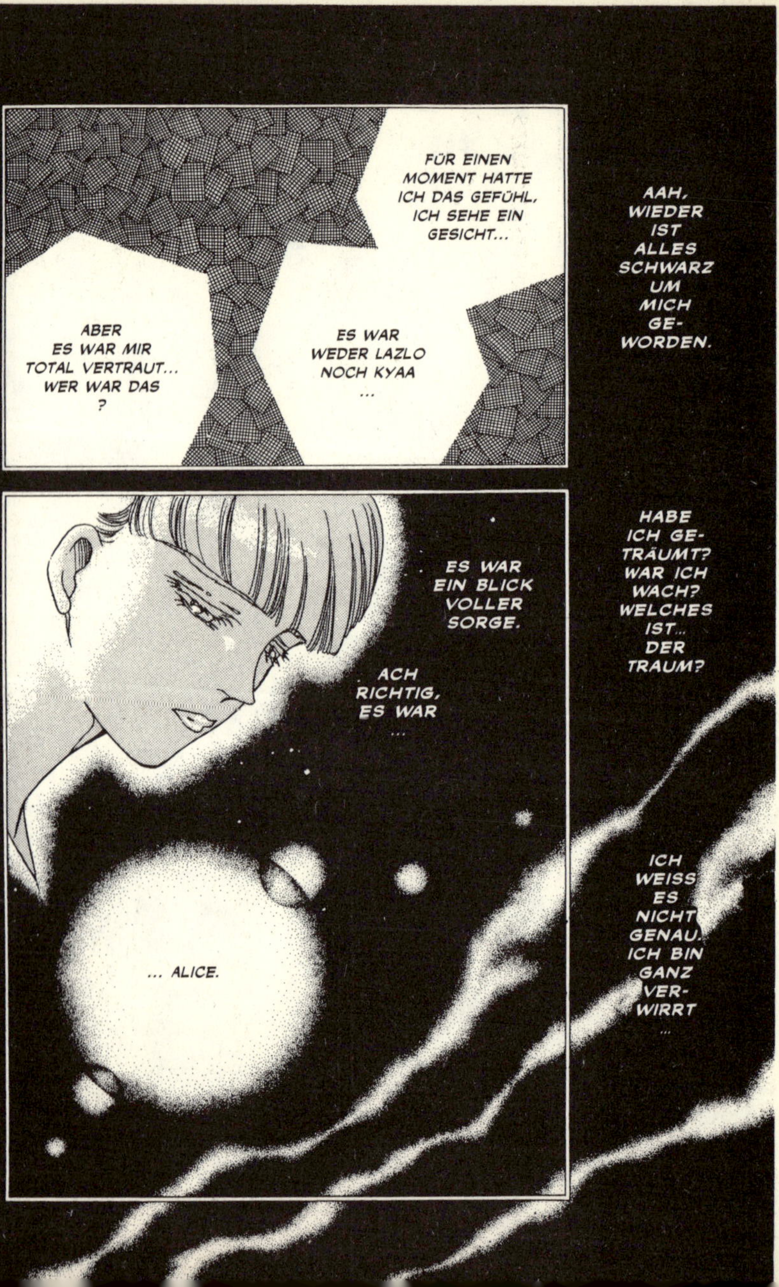
AAH, WIEDER IST ALLES SCHWARZ UM MICH GEWORDEN.
FÜR EINEN MOMENT HATTE ICH DAS GEFÜHL, ICH SEHE EIN GESICHT...
ES WAR WEDER LAZLO NOCH KYAA ...
ABER ES WAR MIR TOTAL VERTRAUT... WER WAR DAS ?
HABE ICH GETRÄUMT? WAR ICH WACH? WELCHES IST... DER TRAUM?
ES WAR EIN BLICK VOLLER SORGE.
ACH RICHTIG, ES WAR ...
ICH WEISS ES NICHT GENAU. ICH BIN GANZ VERWIRRT ...
... ALICE.

EIN BISSCHEN GESCHWÄTZ
Teil 12

Ich wollte euch dieses Mal ja eigentlich erzählen, welche Bücher mich so beeinflusst haben...
Aber nun habe ich all diesen verteufelt ernsthaften Kram geschrieben und gar keinen Platz mehr dafür...
Ich hatte mir auch überlegt, eventuell etwas über Monsterfilme zu schreiben...
Bücher lese ich ehrlich gesagt eh nicht viele...
Ich schreibe lieber selbst...
Ich habe mir neulich "Ginka Eiyu Densetsu" und "Diamond Dust" gekauft, habe aber bisher noch keine Zeile darin gelesen...
Auch im Kino war ich in letzter Zeit selten...
Im Moment finde ist Hogaku, traditionelle japanische Musik, unglaublich faszinierend.
In Yasuyuki Okamura bin ich geradezu vernarrt...
❤❤❤

WAS FÜR EIN KOMISCHER TRAUM. ICH HAB TOTAL VERSCHLAFEN.
JETZT KOMM ICH ZU SPÄT.
AH, GUTEN MORGEN SHION.
DIE ANDEREN SIND SCHON GEGANGEN!
PAH, AUFREGEN NÜTZT AUCH NICHTS.
JETZT KANN ICH AUCH RICHTIG ZU SPÄT KOMMEN.
DIE KANTINE IST DOCH NOCH AUF, ODER?
NA, DU BIST ABER MUTIG! DU WILLST JETZT NOCH ESSEN?
BIST DU NICHT STIPENDIAT?! AUF DEINER SCHULE SIND DOCH AUSSCHLIESSLICH HOCHBEGABTE ...
... WIRD DEINE AKTIE DA NICHT FALLEN?!
LASS DAS MAL MEINE SORGE SEIN, TANTCHEN!

ALSO WIRKLICH, EIN KOMISCHER TRAUM.
DASS LAZLO UND KYAA VORKOMMEN, IST JA NOCH OKAY, ABER ...
... EINE UNBEKANNTE FRAU ZU SEHEN, DIE MIR DANN AUCH NOCH SO SELTSAM VERTRAUT VORKOMMT...
WIE HIESS SIE DOCH GLEICH?
HMM...
BEIM AUFWACHEN WUSSTE ICH IHREN NAMEN NOCH!

SHION!
GANZ SCHÖN WAGHALSIG VON DIR, GLEICH NACH DEN FERIEN ZU SPÄT ZU KOMMEN!
WIR SIND WIEDER ZUSAMMEN IN EINER KLASSE! SUPER, ODER?
AH ... ACH JA? GYOKURAN ...
Was ist los? Freust du dich?
....
ACH JA! ICH STELLE DIR JEMAND VOR!
SHU!
DAS IST MEIN BESTER FREUND AUS KINDERTAGEN, SHION ZAITESS!
UND DAS HIER IST SHUKAIDO REMSAINE.
ICH HAB IHN BEI DEN SOMMERKURSEN DES ZWEITEN SEMESTERS KENNEN GELERNT. ER IST AUCH IN UNSERER KLASSE ...
... SHION.

HALLO!
ICH HAB SCHON VON DIR GEHÖRT!
DU BIST GANZ OHNE ZUSATZ-KURSE KLASSEN-BESTER! ECHT SPITZE!
ER-FREUT ...
FRÜHER WURDE ER IMMER GEMOBBT, UND ICH ...
... MUSSTE IHN BE-SCHÜT-ZEN.
UND JETZT? EIN AB-SOLUT RÜCK-SICHTS-LOSER TYP ...
BLINZEL
HA!
DA LACHEN JA DIE HÜHNER!
MIR IST KEIN EINZIGES MAL BE-WUSST, WO DU MICH "BE-SCHÜTZT" HÄTTEST!

ICH KÖNNTE ECHT KOTZEN ...
... WENN GYOKURAN SICH SO GROSSSPURIG AUFFÜHRT.
ABER ER CHECKT DAS EINFACH NICHT!
HA! DU BILDEST DIR DOCH EINFACH NUR EIN...
HINTER SEINER ZUR SCHAU GESTELLTEN FREUNDLICHKEIT KANN ICH NUR ARROGANZ UND SPOTT ERKENNEN ...
UND DIESES MITLEID, HINTER DEM SICH NOCH DAZU NEUGIERDE VERBIRGT ...
ER WAR IMMER SCHON VOM GLÜCK BEGÜNSTIGT, HATTE LIEBENDE ELTERN UND EINE SCHÖNE KINDHEIT...
ABER IN EINEM PUNKT BIN ICH IHM ÜBERLEGEN...
FÜR MICH BESTEHT ZWISCHEN DENEN, DIE MICH GEMOBBT HABEN UND GYOKURAN ...
... GAR KEIN SO GROSSER UNTERSCHIED.
... DASS DU MICH "BESCHÜTZT" HÄTTEST.

SO SEHR ER SICH BEIM LERNEN AUCH AN-STRENGEN MAG, ER KANN MICH NICHT ÜBERTREFFEN ...
AH, IST DAS LUSTIG !
IN DIESEM EINEN PUNKT KANNST DU DICH NICHT ÜBERLEGEN FÜHLEN, WAS, GYOKURAN?
GESCHIEHT DIR RECHT!

DAMALS HAT DIE ALTE SUJELI-MANERIN ZU MIR GESAGT...
"ICH WERDE DIR DIE WAHRHEIT SAGEN."
"NIE-MAND IST SO WIE ICH."
ABER DIE MENSCHEN HABEN VER-SCHIEDENE ANSICHTEN VON DER WAHRHEIT.
ES WAR EIN-FACH, DAS ZU ERKENNEN. NOCH DAZU WAR DER MOMENT DER ERKENNTNIS EINE ENT-TÄUSCHUNG.

DAS IST ES, WORAUF "WAHRHEIT" HINAUSLÄUFT... EINE BLÖDE GESCHICHTE.

Ring

WAAH
...
WAS IST LOS?
EINE STREITEREI!
.....
FURON ÄRGERT OZON.
HARON IST AUCH DABEI!

WILL DENN KEINER EIN-GREI-FEN ?!
SHION, WAS IST ?!
KÜM-MER DICH NICHT DRUM.
DAS KANNST DU RUHIG GYOKURAN ÜBER-LASSEN!
SIEHST DU?
Aufhören !
Furon! Haron! Lasst das gefälligst!
DU HAST RECHT.
Was denn?! Wieso soll ich schuld sein!
Dabei hat er mich ständig aus-genutzt!
Du hast ihn tief verletzt! Ein Kerl wie du ist ja wohl ziemlich schwer zu treffen!
Warte ge-fälligst, Furon!
WAAAAAAAH
STÜRM!
Ich bin nicht schuld!
...

GYO-KURAN IST EIN NETTER KERL, NICHT WAHR, SHION ?!
MAG SEIN ...
Was war denn das jetzt ?
ICH WAR OFT KRANK UND HATTE NIE VIELE FREUNDE... ICH HATTE SCHON ANGST WEGEN DER NEUEN KLASSEN, ABER...
... DANK GYOKURAN HAB ICH MICH SCHNELL EIN-GEWÖHNT.
AHA.
DU BIST SCHON LANGE MIT GYOKURAN BEFREUNDET, ODER? HAST DU'S GUT!
JUCHHU

WIESO JUBELST DU?
ACH, EINFACH SO...
NATÜRLICH, GYOKURAN NIMMT DIR GEGENÜBER KEIN BLATT VOR DEN MUND...
ICH FINDE ES TOLL, DASS IHR EUCH IMMER KNALLHART DIE MEINUNG SAGT.
BENEIDENSWERT!
DAS LIEGT DARAN, DASS ER MICH HASST ...
... UND NICHT AN UNSERER FREUNDSCHAFT.
ACH JA?
SO SIEHT ES ABER NICHT AUS ...
ICH DACHTE EHER, ER HAT DICH GERN ALS RIVALEN.

ÄUSSERLICH, JA...
NICHT GYOKURAN HASST DICH, SONDERN ...
... DU HASST IHN, ODER? DANN SAG ES DOCH AUCH SO!
ICH MÖCHTE NUR UNGERN DEINEN EINDRUCK VON UNSEREM ACH-SO-TOLLEN GYOKURAN ZERSTÖREN!
LASSEN WIR DIESES THEMA, SHU.

HI...

WAS IST DENN ?
ES GEHT MIR NICHT AUS DEM KOPF ...
WAS ?
GLAUBST DU WIRK- LICH, DASS GYOKURAN DICH HASST ?
ACH, DAS?
DU BIST VIELLEICHT EIN KO- MISCHER TYP.
IST DIR DAS SO WICHTIG, DASS DU NOCH MAL NACHFRAGEN MUSST?
NA JA, ICH ...

HMM ...
DU MAGST GYOKURAN ZIEMLICH GERN, WAS, SHU?
...
OKAY, ICH WERD DIR SAGEN ...
... WAS ICH VON IHM HALTE.

DU DENKST ...
... DASS GYO-KURAN MEIN FREUND IST UND MICH MAG.
IN DEN AUGEN DER ANDEREN IST ER EIN UMGÄNGLICHER TYP, NICHT WAHR? DAHER MACHE ICH EBENFALLS MIT.
ABER ER TUT NUR SO, ALS OB.
ABER ICH GLAUBE, DER EIGENT-LICHE ZWECK SEINER FAS-SADE IST...
... DIE IN-SZENIERUNG SEINER SELBST ALS MENSCHEN OHNE SÜNDE ...
ALS DIE IN-KARNA-TION DER RECHT-SCHAF-FEN-HEIT ...

DIESE "RECHTSCHAFFENEN TYPEN"... SIE ENGEN DIE MENSCHEN MANCHMAL GANZ SCHÖN EIN, ODER?
VOR ALLEM SO VERSCHROBENE TYPEN WIE ICH KÖNNEN IHREN ANFORDERUNGEN NICHT STANDHALTEN...
ABER IST DAS NICHT UNFAIR ?
"WAS ICH NICHT WEISS, MACHT MICH NICHT HEISS", VERSTEHST DU?
KÖNNTE MAN DURCH REINE THEORIE ÜBERZEUGEN, WÄRE DIE WELT EIN FRIEDLICHER ORT.
VERSTEHST DU, WAS ICH MEINE?
GYOKURAN HAT GENAU WIE JEDER ANDERE MENSCH SEINE DUNKLEN SEITEN, DOCH ER TUT SO, ALS OB ER SELBST ES NICHT BEMERKEN WÜRDE.
WÜRDE ER ES BEMERKEN, KÖNNTE ER SO NICHT WEITERMACHEN.

DA ER SO EIN KLEINMÜTIGER MENSCH IST ...
... KOMMT ER NICHT EINMAL AUF DIE IDEE, DIE DUNKLEN SEITEN SEINES CHARAKTERS ZU ERFORSCHEN.
WENN MAN DAS ERREICHT HAT, KOMMT EINEM NIEMAND MEHR BLÖD, NICHT WAHR?
UND SELBST WENN, DANN KANN MAN SICH IN DIE BRUST WERFEN, DA MAN JA ACH SO UNSCHULDIG IST... UND VON DEN ERWACHSENEN WIRD MAN GEHÄTSCHELT...
DAS WEISS ER GANZ GENAU ...
UND ALS VERTEIDIGUNGSWALL DIENT IHM SEINE RECHTSCHAFFENHEIT...
WENN DU OHNE SÜNDE BIST, BEFINDEST DU DICH IMMER IN EINEM WOHLIGEN ZUSTAND.
SELBST EIN SCHLECHTES GEWISSEN WIRD BEI IHM DADURCH AUSGELÖSCHT, DASS ER SICH SO EIFRIG UM ANDERE KÜMMERT.

... WEISST DU WAS FÜR EINE BEZIEHUNG ZWISCHEN ...
... IHM UND MIR BESTEHT.
JETZT ...
ÄH... WAS FÜR EINE BE- ZIEHUNG ...?
...
DIE FREUND- SCHAFT MIT MIR, EINEM ARMEN, VERSCHROBENEN SÜNDER MACHT SEINE RECHT- SCHAFFENHEIT UM SO STRAH- LENDER UND GLEICHZEITIG ...
... WIRD SEIN SCHLECHTES GEWISSEN GELÖSCHT. ABER VERSTÄNDNIS FÜR MICH, MEINE TATEN UND MEINE VERGANGENHEIT SPIELT DABEI KEINE ROLLE...
DU VER- STEHST WOHL NICHT ?

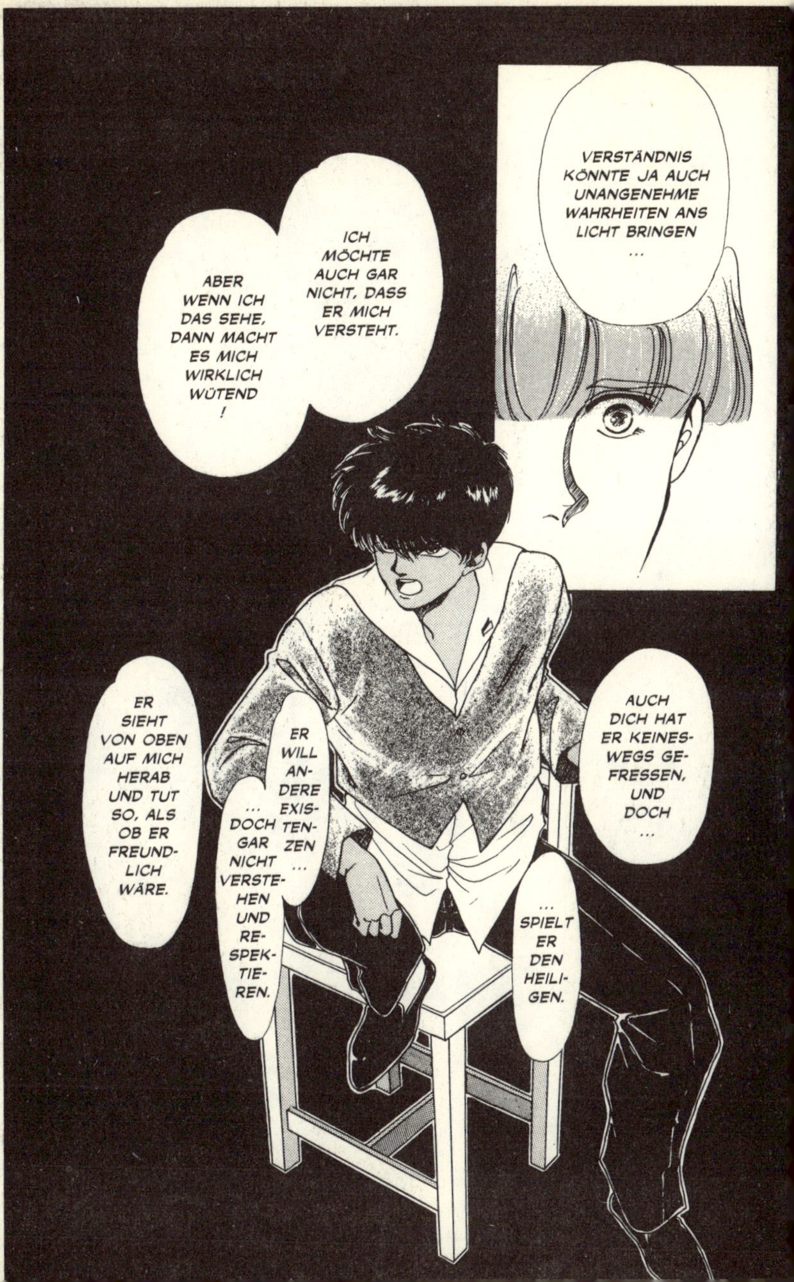
VERSTÄNDNIS KÖNNTE JA AUCH UNANGENEHME WAHRHEITEN ANS LICHT BRINGEN ...
ICH MÖCHTE AUCH GAR NICHT, DASS ER MICH VERSTEHT.
ABER WENN ICH DAS SEHE, DANN MACHT ES MICH WIRKLICH WÜTEND !
AUCH DICH HAT ER KEINESWEGS GEFRESSEN, UND DOCH ...
... SPIELT ER DEN HEILIGEN.
ER WILL ANDERE EXISTENZEN ...
... DOCH GAR NICHT VERSTEHEN UND RESPEKTIEREN.
ER SIEHT VON OBEN AUF MICH HERAB UND TUT SO, ALS OB ER FREUNDLICH WÄRE.

DAS ER SICH SELBST GUT FÜHLT ...
... IST DIE HAUPTSACHE.
ER TUT SO, ALS OB ER GERECHT WÄRE.
MEINER MEINUNG NACH ...
... SIEHT SO SEIN WAHRES GESICHT AUS. ...

EIN BISSCHEN GESCHWÄTZ
Finale

Übrigens, als ich neulich in die Zeitung sah, blieb mir glatt der Mund offen stehen…
Ein Tempel in Ueno namens Rin-o-ji war total abgebrannt.
Es hieß, es hätte nachmittags aus dem Haupttempel ein lautes **Kawumm** gegeben, und alles stand in Flammen...
Es geschehen die merkwürdigsten Dinge…
Wenn PSME in "Krimi Nahe Zukunft" umbenannt wird, sollte ich die Serie wohl so schnell wie möglich beenden, sonst sind all meine Beteuerungen womöglich am Ende hinfällig und die Serie wird von der Wirklichkeit eingeholt…
Nun, allmählich hab ich keinen Platz mehr.
Also Leute, bleibt mit den Füßen schön feste auf dem Boden und streckt beide Hände nach den Sternen aus!!
Und bleibt mir bloß gesund, okay?!! ❤
Sayoonaraaaa ❤

Ah, macht's gut hab ich vergessen!! ❤

3.11.1989

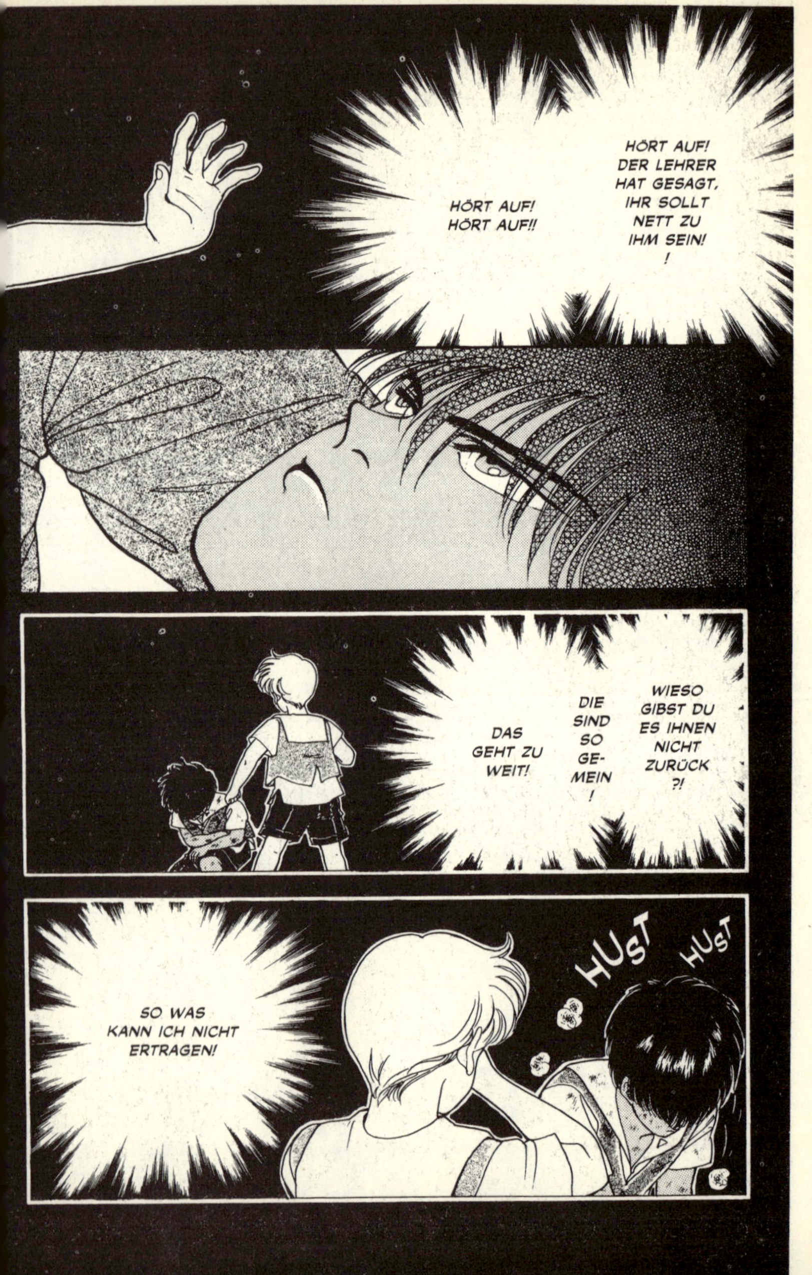
HÖRT AUF! DER LEHRER HAT GESAGT, IHR SOLLT NETT ZU IHM SEIN! !
HÖRT AUF! HÖRT AUF!!
WIESO GIBST DU ES IHNEN NICHT ZURÜCK ?!
DIE SIND SO GE-MEIN !
DAS GEHT ZU WEIT!
HUST HUST
SO WAS KANN ICH NICHT ERTRAGEN!

WIESO WEINT DER DENN?

LASS DAS!
WILLST DU DAMIT ETWA SAGEN, DASS DIR DIE SITUATION PEINLICH IST?
ODER TUE ICH DIR IN MEINER ERBÄRMLICHKEIT LEID?
WIESO MACHT DIR DAS WAS AUS?
SEHE ICH ETWA SO UNGLÜCKLICH AUS?

WEGEN SO WAS MUSS MAN DOCH NICHT WEINEN!
ICH BIN NICHT SO UNGLÜCKLICH, DASS DU WEINEN MÜSSTEST!
DAS NERVT DOCH! HÖR AUF!
HÖR AUF ...!!

DU, SHION?
HAST DU LUST, STERNE ZU GUCKEN?
WIR HABEN ZU HAUSE EINE AUSSICHTS-KUPPEL.
HAST DU MORGEN ZEIT?
ICH WAR EIN IDIOT, DASS ICH IHN BEIM WORT NAHM.
WOW! EINE KUPPEL?
STERNE GUCKEN WAR EIN REINER VORWAND.
ES WAR EIN SEID-NETT-ZU-KRIEGS-WAISEN-EVENT

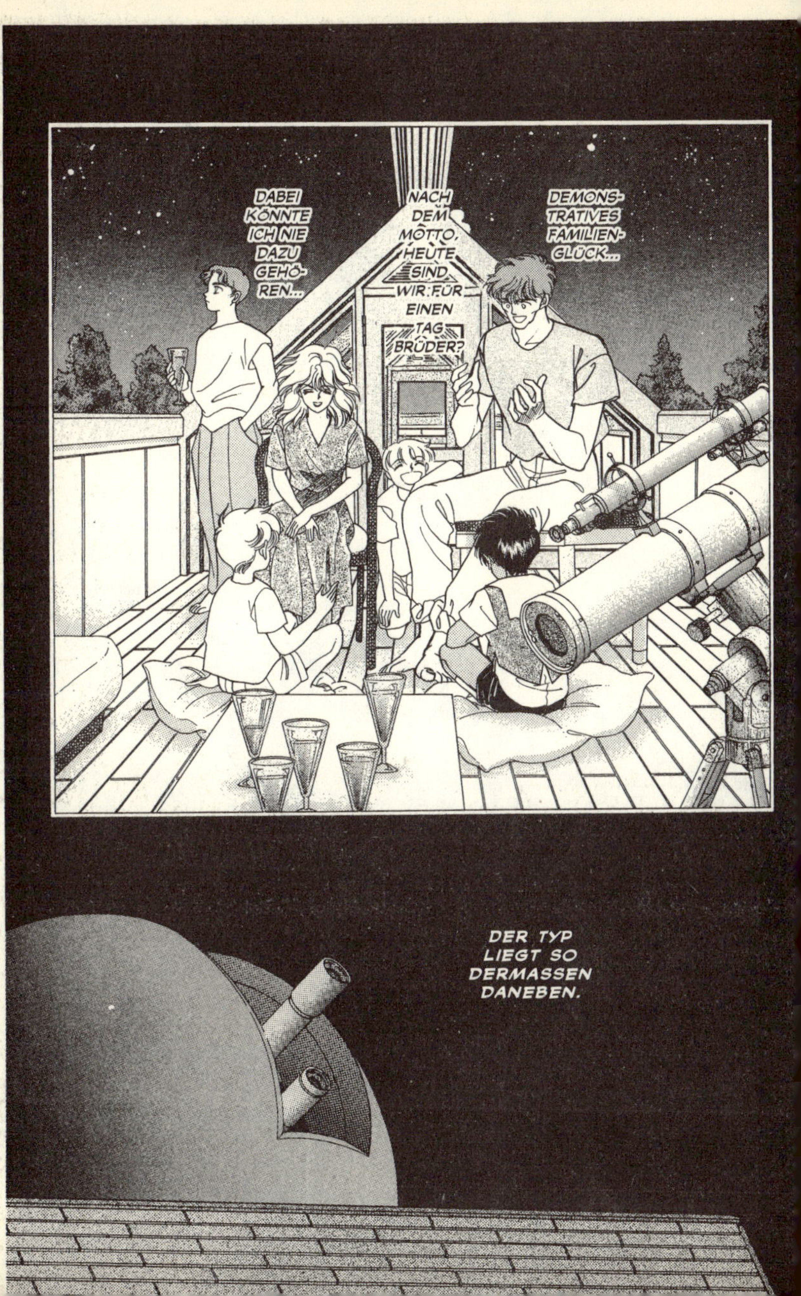
DEMONS-TRATIVES FAMILIEN-GLÜCK...
NACH DEM MOTTO, HEUTE SIND WIR FÜR EINEN TAG BRÜDER?
DABEI KÖNNTE ICH NIE DAZU GEHÖ-REN...
DER TYP LIEGT SO DERMASSEN DANEBEN.

MEINE SEELE LAG VOR IHM AUSGEBREITET, ABER ER VERSETZT SICH NICHT IN MICH HINEIN.
ABER SO DERMASSEN DANEBEN...
NEIN, FALSCH ...
ER KANN ES GAR NICHT.

ER KANN
ES JA GAR
NICHT...!!
SCHEISSE
...!!

PLEASE SAVE MY EARTH 8 / ENDE

MYSTERY ★ ROMANCE ★ FASHION
COMEDY ★ J-POP
NR.1 FEBRUAR 02/2003
MEGA-MANGA-MIX FÜR MÄDCHEN
DAISUKI
BIG IN JAPAN!
God Child
PRUSSIAN BLUE
Kare Kano
FRUITS BASKET
CHINESISCHES HOROSKOP
NEWS & TRENDS AUS JAPAN!
DAISUKI
www.carlsencomics.de
MEGA-MANGA-MIX FÜR MÄDCHEN
Ab 9. Januar überall im Handel!
CARLSEN COMICS

CARLSEN COMICS
1 2 3 4 06 05 04 03
Deutsche Ausgabe/German Edition

Aus dem Japanischen von Antje Bockel
Boku no Chikyuu wo Mamotte by Saki Hiwatari

First published in Japan in 1989 by HAKUSENSHA, INC., Tokyo
German language translation rights in Germany arranged with
HAKUSENSHA, INC., Tokyo through TOHAN CORPORATION, Tokyo
Redaktion: Petra Lohmann
Textbearbeitung: Ina Schiele
Lettering: Christoph Feist
Herstellung: Kerstin Mardfeldt
Druck und buchbinderische Verarbeitung:
Oldenbourg Taschenbuch GmbH, Kirchheim

ISBN 3-551-75538-8
Printed in Germany

www.carlsencomics.de

HALT

Dieser Comic beginnt nicht auf dieser Seite. »Please Save My Earth« ist ein japanischer Comic. Da in Japan von »hinten« nach »vorn« gelesen wird und von rechts nach links, müsst ihr auch diesen Comic auf der anderen Seite aufschlagen und von »hinten« nach »vorn« blättern. Auch die Bilder und Sprechblasen werden von rechts oben nach links unten gelesen, so wie es die Grafik hier zeigt. Schwer? Zuerst ungewohnt, doch es bringt richtig Spaß. Probiert es aus!

Viel Spaß mit »Please Save My Earth«!